Todos os direitos reservados.
Nenhuma parte deste livro pode ser reproduzida, digitalizada ou distribuída de qualquer forma, seja impressa ou eletrônica, sem permissão.

Este livro é uma obra de ficção e qualquer semelhança com qualquer pessoa, viva ou morta, qualquer lugar, evento ou ocorrência é mera coincidência.

Os personagens e enredos são criados a partir da imaginação da autora ou são usados ficticiamente. O assunto não é apropriado para menores de idade.

1ª Impressão 2015

Copyright 2015: J.L. Mac
Copyright da Tradução: Editora Charme
Foto de Capa: Shutterstock
Criação e Produção: Verônica Góes
Tradução: Cristiane Saavedra
Revisão: Andréia Barboza e Ingrid Duarte

Este livro segue as regras da Nova Ortografia da Lingua Portuguesa.

CIP-BRASIL, CATALOGAÇÃO NA PUBLICAÇÃO
SINDICATO NACIONAL DE EDITORES DE LIVROS, RJ

Mac, J. L.
Destrua-me / J. L. Mac
Titulo Original - Wreck Me
Série Wrecked - Livro 1
Editora Charme, 2015.

ISBN: 978-85-68056-08-0
1. Romance Estrangeiro

CDD 813
CDU 821.111(73)3

---

www.editoracharme.com.br

UMA HISTÓRIA DE PRAZER, DOR E PAIXÃO.
DESTRUA-ME
SERIE WRECKED

TRADUÇÃO: CRISTIANE SAAVEDRA

DEDICATÓRIA

Para os meus leitores.
O apoio e entusiasmo de vocês me emociona.

PRÓLOGO

Sábado, 8 de Junho de 1996

Eu amo este carro. Tem um cheiro tão bom. *Papa* acabou de comprá-lo para nós e *maman* não me deixa comer ou beber qualquer coisa nele, como eu fazia no outro. *Maman* diz que é porque é o nosso primeiro *voiture nouvelle*. Ela sempre fala "carro novo" em francês para parecer chique. Acho que ela faz isso para me fazer rir. Gosto quando *maman* usa francês em vez de inglês, porque a voz dela fica elegante. *Papa* a repreende quando ela faz isso. Ele diz: "Collette, você confunde a nossa querida menina, só falando francês. Inglês, *mon amour*, inglês." Ele só finge ficar irritado com a *maman*. Eu sei disso porque depois que a repreende, ele sempre faz essa coisa de piscar um olho e *maman* sorri para ele.

Hoje estou muito ansiosa pelo Carnaval. É só daqui a dois dias e minha melhor amiga, Michelle, vai. Seus pais também a estão levando hoje. Espero vê-la ao chegar lá. — Falta muito tempo, *maman*? — Sei que perguntei há menos de um minuto, mas estou muito ansiosa e não aguento mais esperar.

— Josephine, *em quelques minutes*. — Sei que não deveria ficar reclamando. *Papa* diz que estou velha demais para reclamar como uma garotinha. Ele diz que uma menina de nove anos não pode agir como um bebê. Mas não consigo evitar. Quero chegar logo. O trajeto é longo e demora uma eternidade para chegar lá.

DESTRUA-ME

— *Maman*, quantos minutos são alguns minutos?

Papa está me olhando pelo espelho e sei que seu olhar está me dizendo para parar de choramingar. Eu sorrio para ele. Isso sempre o deixa feliz. Então ele faz aquela coisa de piscar um olho e sei que ele não está aborrecido. *Papa* está conversando com *maman* sobre coisas de adultos. Eu não estou prestando atenção. É muito chato. Papa solta um palavrão e sei que algo está errado.

— *Papa*! — Ele não responde. *Ai*! Estou toda machucada. — *Maman*! — Estou gritando agora. Dói tanto, que estou com medo. Maman e papa não falam nada. *Eles estão machucados*? — Socorro! Alguém nos ajude! — Espero que alguém me ouça gritar. Eu estou presa no banco traseiro. Tento me libertar, mas minha perna dói tanto que tenho medo de mexê-la novamente. — Socorro! — Ainda não ouvi nada de *maman* e *papa* no banco da frente. Sinto algo quente na minha perna e olho para baixo. — Por favor! — Estou realmente apavorada agora. Há sangue por todo o carro. Há sangue saindo da cabeça de *maman*. *Papa* está caído, na minha frente; eu ainda não consigo vê-lo. Estou presa atrás do banco dele. Nosso carro novo está arruinado. Todo amassado, como uma das latas de refrigerante vazias que eu sempre esmago. Ouço alguma coisa. Eu tento parar de chorar para poder ouvir melhor.

— Oh, Deus. Oh, Deus. Eu sinto muito. Oh, Deus. — É um homem. Não, é um menino. Possivelmente, um adolescente. Do ensino médio. Sim, definitivamente um adolescente do ensino médio.

— Por favor, me ajude! — eu grito. Espero que ele me tire daqui sem me machucar muito. *Maman* precisa de ajuda. Sua cabeça está sangrando muito. Não acho que seja normal ela sangrar tanto.

— Eu te peguei. Venha. Pai, tire eles lá da frente. Vá!

Este menino é louco. Ele gritou com o pai. Eu nunca falaria com a minha mãe e meu pai assim. Ficaria de castigo por um mês. *Ai*!! O adolescente me puxa, abre a minha porta e atravessa até a *maman*. Ele pega o pulso dela e pressiona os dedos dele em seu lindo relógio. Por que ele está fazendo isso? Ele coloca a mão dela de volta no colo e me arrasta para fora do banco de trás. A rua fede; cheira a algo queimando e gasolina. Nojento.

— É minha culpa. Desculpa. Eu sinto muito. Prometo que você vai ficar bem. Vou me certificar disso.

Estou confusa com esse rapaz. Eu não sei o que dizer. É apenas um carro. *Maman* e *papa* compram outro. Só o encaro. Minha perna dói. Michelle tiraria sarro de mim se soubesse o que eu estava pensando... esse menino é bonitinho. Ele tem lindos olhos, para um menino. O pessoal da ambulância está mexendo em mim. Eles me levantam e me deitam sobre aquela coisa que parece uma cama de rodinhas.

— E a minha mãe e o meu pai? Onde eles estão? — Sento-me e olho ao redor à procura de papai e mamãe, mas não os vejo. O homem uniformizado que está prendendo fios em mim não responde. Olho mais além e vejo quatro pessoas com uniformes iguais. Elas não são policiais ou bombeiros. Elas têm aquela coisinha de cama que rola como a que eu estou. *Lá vão eles. Vão ajudar maman e papa.* Já não me sinto tão assustada quando vejo as camas rolantes irem para o nosso carro novo. Há dois homens, um com cada cama, e sei que eles vão tirar *maman* e *papa* do carro destruído. Espere.

Isso não está certo.

— Espere! — Por que eles estão levando as camas de rodas para outro lugar? Por que não para mim? Por que eu não posso vê-los? *Maman* e *papa* não estão se mexendo ou falando qualquer coisa e não consigo ver os rostos deles. Estou com medo. Alguma coisa está errada. — *Maman*! *Papa*! Voltem! — Estou ficando realmente assustada. Eu preciso vê-los, correr para eles, mas os homens uniformizados não me deixam ir. Eles colocam essas tiras sobre mim. Não consigo me mexer; isso não cede. Eu sinto algo quente dentro do meu braço, onde eles colocaram essa coisa com agulha. Ele disse que é soro intravenoso. Meu braço está quente e agora estou ficando com sono. Sinto que estou em movimento e quero perguntar para onde estamos indo, mas minha boca não abre. Preciso dormir. Fecho os olhos. Posso perguntar depois.

Capítulo um

Sem desculpas

Sexta, 8 de Junho de 2012

Estou aqui, fazendo a mesma merda que faço todos os anos, neste mesmo dia. Mas parece ainda pior que o normal. Não é grande coisa, de qualquer forma, porque a bosta completa é praticamente um marco na minha vida. Não me interpretem mal, levo uma vida decente. Trabalho. Pago meus impostos. Minhas contas são pagas em dia. O pouco crédito que eu tenho é bom. Eu realmente detesto o meu apartamento e não tenho nada luxuoso; não tenho um emprego que paga bem, mas apesar de tudo, a minha vida é confortável. Deus sabe que eu já sofri coisas muito piores. Me recuso a reclamar das coisas.

Reclamar é, possivelmente, o gasto mais inútil de energia da humanidade. Eu parei de reclamar e de sentir pena de mim há anos, quando percebi o quanto isso era inútil. Reclamar não ia mudar a minha situação, então eu disse *"foda-se"* e simplesmente desisti. Agora, não vou sair por aí usando a minha vida de merda como um distintivo de honra; estou, simplesmente, afirmando fatos. Ninguém conhece a minha história; nem mesmo o babaca do Sutton, e ele é o único relacionamento a longo prazo que tive. E mantenho dessa forma por pura conveniência. Não gosto de explicar toda a tragédia que é a minha vida, e tenho certeza absoluta que não quero responder a um milhão de perguntas de alguns idiotas curiosos. A última coisa que espero, ou quero, é ter a pena dos outros. Já tive piedade e condolências suficientes por duas vidas.

Trabalho duro para manter as coisas organizadas e simples. Minha vida nem sempre foi tão agradável, e não me orgulho do meu passado. No entanto, afirmo com total confiança que fiz o que fiz por necessidade. Eu posso ter roubado comida ou bebida de um posto de gasolina uma ou duas vezes, mas não peço desculpas por isso. Eu paguei por esses itens? Não. Eu não podia. Raramente tinha duas moedas de um centavo no bolso.

Roubei essas coisas por necessidade básica e fundamental para a sobrevivência humana. A alternativa seria morrer de fome, ou aquilo que o homem escolhe como moral e valores ao logo da vida. Não tinha ninguém aí para mim. Moral e valores não enchiam o estômago ou hidratavam o meu corpo, mas roubar comida e bebida certamente sim. Eu usei os recursos que me eram disponíveis na maior parte dos dias, mas crianças de rua são tratadas de forma semelhante aos criminosos. Se eu fosse para um abrigo, normalmente trapaceava para permanecer lá tempo suficiente antes que algum voluntário nojento pudesse chamar o Serviço Social. Aqueles estúpidos apareciam, eu era empurrada na parte traseira lotada de algum carro do governo e levada para uma prisão de crianças sem-teto. Na verdade, era para um orfanato, mas uma prisão de qualquer forma.

O orfanato, normalmente, era muito melhor do que um lar provisório. Bem, na minha experiência, foi esse o caso. O pessoal do orfanato apenas fazia o trabalho deles. Recebiam seus salários; não cuidavam da gente de forma alguma. Se eles não se preocupavam o suficiente em serem bondosos e compassivos, com toda certeza do mundo, não se importariam em desperdiçar tempo e energia abusando ou estuprando nós, crianças infelizes.

Eu preferia as pessoas do orfanato a qualquer outro lugar, apesar de sempre ser uma estadia curta. Eles faziam rodízio de crianças tão rapidamente quanto podiam.

Depois de passar pelo orfanato, eu era enviada para algum lar provisório que se importava menos ainda comigo. Tudo isso é feito por caridade; aquela obrigação de fazer "a coisa certa". É realmente tão difícil as pessoas entenderem que é melhor algumas crianças se virarem sozinhas nas ruas, do que na porcaria do lugar onde elas vivem? Suponho que isso mexa com suas cabeça e as deixam desconfortáveis, por isso elas preferem que essas crianças sejam colocadas em algum lugar fora de suas vistas e pensamentos. Isso torna as coisas mais fáceis para todos, certo? Errado.

Naquela época, eu preferia estar nas ruas a lutar contra o abuso sexual em um dos muitos lares provisórios por onde passei. Eu queria que as pessoas deixassem de ser tão caridosas. O que não entendo desses voluntários é que a sua caridade de merda provoca mais danos do que pessoas como eu podem suportar. E tudo isso por quê? Para que uma Poliana qualquer, aquela voluntária mensal, possa dormir melhor à noite, porque distribuiu sopa grátis de baixa qualidade para pessoas como eu. Pessoas que estão *"em dificuldades"* acham que é preferível morrer a caminhar penosamente por suas vidas de merda, todos os dias.

Pelo menos o que pessoas como essa Poliana podem fazer, na minha opinião, é serem honestas sobre as coisas. Não ficar na frente de uma criança, que é exatamente o que eu era, com pena estampada no rosto e dizer-lhe que a vida continua e que as coisas vão começar a melhorar, e que um dia sua sorte vai mudar. Esse tipo de papo-furado não está com nada, dá apenas falsas esperanças.

Se o meu *eu* de vinte e cinco anos voltasse a encontrar o meu *eu* de dezesseis, já teria me olhado na cara, sem um pingo de tristeza e dito, "*Olha, menina, você tem uma escolha: você pode ficar como está e esperar que todas essas mentiras de merda que as pessoas dizem pra você se tornem realidade, ou você pode se matar de trabalhar e mudar as coisas você mesma. Ninguém vai te dar nada de mão beijada. Então, corra atrás*".

Recusei-me a ser uma eterna vítima, então, na minha adolescência, decidi conquistar meu espaço nas ruas. Pelo menos lá fora, eu era responsável por mim. Garotas como eu não costumam sobreviver muito tempo. A maioria acaba viciada, prostituta, atrás das grades ou morta. Poucas tiram a sorte grande e conseguem sobreviver, mas, para a maioria, a vida simplesmente não é essa maravilha toda. Talvez eu tenha herdado a determinação e a perseverança dos meus pais. Eles vieram para este país com praticamente nada.

Meu pai era um chef francês e veio de Paris, para cá, com a minha mãe. Eles vieram para Las Vegas quando minha mãe ainda estava grávida de mim. Meu pai era um chef fantástico e conseguiu um emprego em um dos restaurantes cinco estrelas da cidade. Eu tinha apenas nove anos quando eles morreram, então minhas lembranças são limitadas, mas me lembro que eles eram pessoas muito determinadas. Acredito que a minha capacidade de seguir em frente com a minha vida veio deles, não dos anos que passei evitando ser estuprada nas ruas e revirando lixos à procura de alimentos para não morrer de fome. Gosto de pensar que eu consegui pela minha honesta ambição. Na verdade, ninguém tem certeza. Eles estão mortos e minhas poucas lembranças se apagam ainda mais a cada dia que passa.

Eu sempre faço isso no dia de hoje; todos os anos, religiosamente. É cansativo, de verdade. Prefiro não pensar sobre a minha vida e em como as coisas acabaram, mas o aniversário do acidente sempre desperta o passado. Essas pequenas partes parecem ficar na superfície da minha memória por um ou dois dias, e então eu consigo clarear a escuridão e bloquear tudo do lado de fora, onde isso pertence. Por mais 364 dias.

Eu paro de me olhar no espelho do banheiro, sem nem prestar atenção, e arrasto a minha falta de sorte para fora, para começar a minha rotina normal. Paro no *The Diner*, compro um café e um bagel da Noni e me dirijo para o trabalho, para lidar com mais um dia. É sempre a mesma rotina, e trabalho é trabalho.

Eu sei que aquele palhaço lá no canto está tramando alguma coisa; ele tem "*suspeito*" escrito na testa. Conheço o tipo. Eu costumava ser esse tipo. Eu estou vigiando-o desde que entrou na loja. Gosto do meu trabalho e pretendo mantê-lo, mas pessoas como ele fazem a perspectiva de ficar desempregada num futuro próximo, mais real. Estamos tão longe de estar no azul que chega a ser revoltante. Deveríamos estar vendendo livros, mas parece que ninguém está mais interessado em ler livros impressos. A tecnologia tem sido egoísta, uma desleal monopolizadora. O velho idiota do Sutton esteve aqui esta manhã, lamentando e reclamando de não ter um lucro decente desde 1979 ou qualquer disparate. Eu não estava realmente ouvindo. Ele gosta de entrar na loja e discutir sobre as coisas, mas ele estaria na merda de um riacho totalmente sem rumo se não fosse por mim.

Tenho conseguido, sozinha, administrar este lugar há anos, somos a equipe de uma única mulher nesta loja velha. Consegui esse trabalho há sete anos e não o deixo desde então. Ele é uma verdadeira obra prima, esse Sutton. Se algum dia eu decidir sair daqui, com certeza vou plantar meu pé em cada lado da sua bunda velha, na saída. A verdade é que eu amo essa maldita loja, muito mais do que o próprio Sutton a ama. Eu temo o dia que eu não conseguir entrar e ser saudada pelo cheiro de tinta e papel. Eu sou dependente desse monte de autores que dão seu sangue e deixam uma parte de suas almas no papel, para que os outros possam desfrutar. Cada livro nessas prateleiras é um amigo. Eles são um dos poucos pilares na minha vida.

— Ei, amigo. Posso te ajudar?

Esse cara simplesmente enfiou um livro dentro de seu suéter nojento. Esse livro custa a bagatela de quatro dólares e noventa e nove centavos e ele quer roubá-lo. Que idiota! Quem é o otário que rouba um livro que custa menos de cinco dólares? Que otário rouba um livro, de um modo geral?

— Ei, eu lhe fiz uma pergunta. Oh, merda, não! Volte!
— Eu saio correndo atrás do palhaço. Ele corre para a saída e eu sigo atrás.

Ele tropeça no tapete da porta e se choca com o display brega de bugigangas que Sutton insistiu em colocar do lado de fora.

— Há! Eu fico com isso, muito obrigada! — Pego o livro debaixo de seu suéter e ele sai correndo da loja. Eu o deixo ir. Ele é, obviamente, um sem-teto. Entretenimento é limitado para esse infeliz. Eu me ajoelho no chão segurando o livro recuperado, limpando-o, e faço o meu melhor para endireitar os cantos vincados, causados pela briga com o ladrão.

— Hum hum.

Levanto rapidamente e rodopio ao redor para ver um homem de pé na entrada da loja. O sol ainda está baixo no céu da manhã e os raios de luz que entram por trás do homem são tão brilhantes que não consigo vê-lo claramente.

— Está tudo bem, senhora? Eu vi alguém sair correndo daqui.

— Jo. Meu nome é Jo. "Senhora" traz a implicação de ser algo que não sou. Por isso, apenas me chame de Jo. — Estou ocupada recolhendo as merdas que estão espalhadas por todo o lugar, graças a minha briga com o ladrão. O homem agacha para recolher as bugigangas bregas e o olho pela primeira vez. *Olá, deus grego de todas as coisas masculinas e sexys*.

— Uma implicação do quê, exatamente? — Sua voz é cheia de curiosidade e aveludada.

Encolho os ombros e tento o meu melhor para chegar ao ponto em que este gato irá mostrar algum interesse ou me deixar sozinha me debatendo no inferno dessa livraria. Eu prefiro a primeira.

— Você sabe... alguém casado, alguém mais velho, alguém importante ou com algum tipo de título; alguém que mereça respeito. Eu sou nada disso, por isso me chamam de Jo. — Por que diabos estou explicando a minha preferência para esse cara? A voz dele. Pensando bem, me parece familiar por algum motivo. Tenho certeza de que não o conheço. Não é possível. Eu não tenho nenhum amigo. Na verdade, nunca tive. Bem, tive uma amiga, há muito tempo. Michelle era minha amiga quando éramos crianças, mas não tive mais ninguém depois dela.

— Tudo bem. Jo.

— E você, é? — Realmente não dou a mínima, além da necessidade de apaziguar o meu sentimento confuso de familiaridade. Eu paro de pegar as coisas e olho para ele. Seu rosto parece familiar. Quem diabos é esse cara?

— Damon. Damon Cole. — Ele estende sua grande mão e pega a minha.

No momento em que nos tocamos, algo me preenche e não tenho a menor ideia do que seja. Reconhecimento? Excitação? Eu não sou indiferente a um cara bonito, e este, com certeza, é muito bonito. A maioria das pessoas me chama de vadia, promíscua, no mínimo. Acho que minha vida sexual é o tipo de vida sexual que a maioria das mulheres deseja desfrutar, mas se recusa, uma vez que a sociedade como um todo desaprova. Permaneço olhando com curiosidade para ele, nossas mãos presas em um cumprimento amigável.

— Eu te conheço?

O *Sr. Gostoso e misterioso* inclina a cabeça de lado e me avalia com inquisitivo interesse. Um tom de rosa vem à tona em suas bochechas. Ah-ha! Ele está atraído por mim também. Acho que eu poderia viver um descontraído caso de uma noite com este espécime do sexo masculino, em especial.

— Não, Jo. Acho que não.

A maneira como ele disse o meu apelido preferido me faz pensar em todas as coisas safadas que eu poderia fazer para ele, dada a possibilidade de um encontro. Eu não costumo ter relacionamentos, mas gosto de sexo tanto quanto qualquer pessoa. Apesar da minha aversão a relacionamentos duradouros de qualquer tipo, eu transo muito.

— Você veio aqui para comprar algo, Damon Cole, ou foi a coisa da donzela em perigo que o atraiu? — Sorrio para o gato diante de mim... e espero que ele morda a isca.

Ele morde. — Eu não tinha a intenção de comprar um livro, mas, se você quiser, eu compro.

Abro um sorriso safado e rezo para que ele perceba o que estou pensando. Fico feliz em ajudar Damon, mas não com um livro.

Ele estreita levemente o olhar, como se estivesse contemplando a minha oferta oculta. — Escute, eu estava indo tomar um café, você pode escapar do trabalho por alguns minutos para se juntar a mim?

Dou uma olhada rápida no relógio de pulso que era da minha mãe e sorrio. Posso antecipar a minha pausa do almoço. Sutton não vai saber, e mesmo que saiba, provavelmente não daria a mínima. Além disso, o que ele vai fazer, atirar em mim?

— Está bem, vamos lá.

O estranho homem sorri e deixa minhas entranhas em uma espécie de frenesi alimentar. Só consigo imaginar aqueles lábios pressionados contra a minha pele. Não fico com um homem há semanas e ele será a distração perfeita para o aniversário do acidente e o meu iminente desemprego. Humm, acho que o quero, hoje à noite.

Partimos pela calçada em direção ao café do

quarteirão. Dou graças a Deus por não estar muito quente ainda. Junho em Vegas é infernal. Passeamos casualmente e alternamos olhares curiosos um para o outro. Eu apreciei o visual dele completamente.

Ele está vestindo uma calça social que parece ter sido feita sob medida, as mangas de sua camisa estão arregaçadas nos antebraços, os botões superiores estão abertos e não está usando gravata. Aposto que ele odeia usar roupas abafadas, simplesmente porque se parecem casuais. Ele tem, certamente, mais de 1,80m de altura. Seu cabelo é levemente comprido no alto da cabeça, mas curto nas laterais e é castanho escuro, quase preto. Ele tem uma barba curta, perfeitamente cuidada por todo o queixo angular e estou morrendo de vontade de senti-la contra a minha bochecha. Seus olhos brilham ao sol como âmbar. Seus lábios parecem suaves e convidativos e se curvam pra cima, apenas de um lado, quando ele sorri. Posso apenas imaginar o que está escondido debaixo de suas roupas. E pretendo descobrir isso mais tarde.

Ele inicia uma conversa trivial enquanto tomamos nosso café em uma mesa do bistrô, tão pequena que parece instantaneamente íntimo. Gosto de onde isso está indo...

— Então, você trabalha sozinha na livraria?

Mexo o meu café e coloco o misturador de lado. Olho para o homem à minha frente. Deus, ele é lindo. Mal posso esperar até à noite. Deixo de rodeios e vou ao que interessa. — Você quer sair hoje à noite?

Suas sobrancelhas sobem rapidamente e juro que elas quase encontram a linha onde começa o cabelo. — Essa frase não é minha?

Eu dou de ombros. — Eu não sei, é?

Ele sorri e seus dentes brancos e brilhantes me fazem derreter. — Com certeza. Que horas é melhor pra você?

Ele está distraído mexendo o café em um ritmo lento e constante, e fico observando o movimento de seu pulso. Será que ele também se move com fluidez na cama?

— Sutton, o proprietário da loja, chega depois do almoço, aí vou embora. Tenho um lugar para ir, esta tarde, mas depois estarei livre. Quer me encontrar em frente à loja por volta das seis?

— Onde é que você tem que ir?

Uau, ele é muito ousado, não? Isso não é da conta dele, mas vou lhe ensinar uma lição rápida sobre uma doença chamada não-se-meta-onde-não-deve. É uma lição que adoro distribuir para pessoas intrometidas.

— Vou ao cemitério, visitar a minha família morta — digo sem rodeios.

Ha! Aí está. Preocupação encheu seus olhos cor de âmbar.

— Descul...

Isso deve ser bom. Levanto minha mão para detê-lo. Não tenho o menor interesse em desculpas. Elas me irritam, na verdade. Elas raramente são sinceras. Faz parte da condição humana e a única que eu nunca entendi. Por que todo mundo tem essa merda de necessidade de se desculpar? Este homem, provavelmente, não sente pena do meu trágico cenário. Eu não tenho a menor dúvida de que ele sinta pesar, mas não é por mim. E sim pelo constrangimento de abrir a boca. Ele sente pena de si mesmo, não de mim.

— Não. Não se desculpe.

Ele junta os lábios e parece confuso. É, de fato, um pouquinho cativante. Eu meio que me sinto mal por tê-lo feito se sentir culpado. Hmm, isso é uma coisa estranha de sentir. Na verdade, me sinto um pouco mal-intencionada. Isso é tão diferente de mim. Bem, que merda posso dizer agora? Eu não esperava me sentir uma idiota.

— Não me olhe assim. É que... desculpas não me dizem nada. Elas nunca são sinceras. Posso assegurar que até tenho o desejo, neste momento, de dizer que sinto muito por ser tão rude. Mas, honestamente, meu impulso de pedir desculpas é apenas por me sentir desconfortável com a culpa que sinto e meu cérebro estúpido associa um pedido de desculpas a aliviar o meu próprio desconforto. Desculpas são apenas um lembrete de como as pessoas são egoístas. — Deixo escapar um suspiro exasperado. Arrisco uma rápida olhada para Damon e seus olhos estão grudados em mim.

— Essa é a reflexão mais honesta que já ouvi.

— Tenho que voltar pra loja. Te encontro lá às seis? — Preciso me afastar já desse cara e esquecer a minha fraqueza diante dele.

— Esta noite, às seis — ele confirma.

— Ok. Antes de eu ir... — Pego um guardanapo e uma caneta da minha bolsa. — Aqui está o meu número e e-mail, caso você queira entrar em contato comigo. — Entrego-lhe o guardanapo e faço uma pausa por um instante, enquanto ele examina meu garrancho.

— jojo.geroux? — Ele parece confuso.

— Josephine Geroux. Esse é o meu nome. jo.geroux não estava disponível, então optei por jojo.geroux.

Ele me olha com um olhar muito peculiar, e esse profundo sentimento de familiaridade retorna com força total.

— Te vejo à noite, Damon.

— Tchau, Jo. — Seu foco permanece no guardanapo em sua mão, enquanto murmura o tchau.

Levanto e me viro, em minhas sandálias de tiras, aponto minha frustração na direção da saída da loja, e permito que minhas pernas, vestidas de jeans, me levem de volta ao trabalho o mais rápido que podem.

Capítulo Dois

Eterna escuridão

Fiquei contente pelo meu dia ter voado, mas agora vendo as lápides dos meus pais se aproximarem do meu campo de visão, começo a desejar ter voltado para esta manhã. O nó na garganta cresce a cada passo em direção ao local do descanso final deles. Eu odeio vir aqui. Eu só os visito uma vez por ano, no aniversário de morte. Posso brigar nas ruas, posso dar um perfeito gancho de esquerda, e quando eu conseguia, podia transformar cinco dólares em cinquenta, num instante, jogando dados em becos. Mas, caramba, eu não tenho força suficiente para visitar meus pais mortos mais do que uma vez por ano. Sou uma péssima filha, mas eu digo a mim mesma que talvez eles compreendam a minha falta de coragem quando se trata de visitar suas sepulturas. Só espero que eles entendam, onde quer que estejam. Prefiro acreditar que eles estão no céu, mas eu simplesmente não sei. Não tenho como saber se ele existe mesmo, e o padre missionário costumava dizer que eu tinha que ter fé de que Deus e o Paraíso existem. Para uma adolescente sem-teto, a ideia de ter fé em alguma coisa é, simplesmente, estúpida.

— Oi — murmuro, ao me ajoelhar. Estas duas pedras são as únicas coisas, além de mim, que atestam a existência desses dois seres humanos. Isso é tudo o que resta deles; duas lápides caríssimas que me exigiram um ano de poupança para que eu finalmente conseguisse comprar e, claro, eu, o fruto do amor deles. É isso aí. Nada mais. A dor crava no meu coração endurecido, saber que *maman* e *papa* estão reduzidos a isto; duas pedras e uma péssima filha que nunca os visita. Balanço a cabeça e franzo meus lábios. Minha cabeça pende voluntariamente em vergonha.

— Sinto muito — murmuro através lágrimas. — Sinto tanto. — Meus ombros tremem e eu desabo em lágrimas, copiosamente. — Sinto tantas saudades. Sinto tanto que dói até respirar. Se eu pudesse, daria tudo que tenho para trazer vocês de volta. — Como uma *verdadeira dama*, uso a bainha da minha camisa para limpar meu nariz e enxugar minhas bochechas. O que não faz diferença alguma. As lágrimas ainda rolam livremente pelo meu rosto e se juntam no meu queixo antes de pingar no meu colo. Não dou a mínima. Estou sofrendo e é mais forte do que eu. Sinto saudades deles pra caramba; tem dias que é preciso cada grama de força que tenho para, até mesmo, existir.

Tem dias que o desespero que sinto é tão sufocante que chega a ser uma ameaça, a do tipo muito perigosa, para conseguir sair. A do tipo que faz algumas pessoas fazerem coisas estúpidas como medida extrema para aliviar o sofrimento. Sinto vergonha de admitir que já cogitei acabar com tudo. Sei que isso é uma coisa covarde e egoísta a fazer, mas a única razão pela qual me detive de acabar com minha vida de merda é porque não quero nunca decepcionar meus pais. Não sei se eles podem me ver ou ouvir, mas não vou arriscar. Vivo com isso.

Eles não escolheram como as coisas acabaram. A decisão foi tomada por eles quando o carro desviou para a nossa pista. Eu nunca poderia desonrá-los pela vida que me deram. Eu sou tudo o que resta deles, além dessas duas pedras, e não posso acabar com eles, acabando com a minha vida. Arranco uma grama morta que está dispersa na base da lápide. Traço meus dedos fortemente sobre as letras gravadas nas pedras; primeiro na dela, depois na dele. Comprei-as depois de ter guardado dinheiro suficiente, trabalhando na loja. Eu estava nove anos atrasada, mas meus pais finalmente receberam as lápides que mereciam, ao invés da placa barata que tinham antes. A maioria das meninas de dezoito anos poupa para seus carros ou um apartamento próprio. Eu mendigava para comprar lápides decentes para os meus pais. Não dava a mínima por não ter comido quase nada naquele ano, contanto que escondesse cada centavo que podia. Saber que o meu dinheiro estava direcionado para isso era sustento suficiente.

Um estômago roncando pode ser remediado; um coração destroçado e angustiado, não. Desejo, de alguma forma, que haja algo que você possa alimentar seu coração desiludido para acalmá-lo. Algo que eu não pude fazer ou ter, para diminuir ou aliviar a dor constante em meu peito. Desejei e esperei por tal recurso, mas o fato é que ele não existe. Se existisse, eu teria sido a primeira a desvendá-lo; teria vasculhado o planeta atrás dele. Faria qualquer coisa para curar o vazio dentro de mim. Até agora, a única coisa que parece preencher o meu vazio, é fazer sexo frequentemente. Acho que sou um daqueles exemplos dos livros didáticos, de uma jovem mulher que usa o sexo e a promiscuidade para mascarar a sua educação de merda. Não dou a mínima. Sexo é bom e, por um curto período de tempo, me faz esquecer tudo.

— A saudade nunca melhora. Pelo contrário, dói mais. Gostaria de ter algo importante para falar, mas não tenho. Ainda estou na loja, mas não sei por quanto tempo. Provavelmente vamos falir. Não quero perder o meu emprego. É a única coisa que me faz sentir gente, desde o acidente. — Lágrimas brotam, transbordam e fluem um pouco mais rápido com a minha conversa sobre outra perda. Não suporto a ideia de não trabalhar mais na loja. Só aumentaria a minha tristeza. Meu trabalho é tudo o que tenho; é tudo o que me faz seguir em frente. Estou satisfeita lá. O pensamento de perder o emprego que tanto amo me faz querer desmoronar. Passei incontáveis horas em bibliotecas... quando eu morava nas ruas, e meu amor e apreço pelas palavras escritas são o mais profundo. As palavras e os livros foram a minha salvação.

As pessoas costumam dizer que o tempo cura todas as feridas. Digo que elas só falam merda. A maioria das pessoas são muito ignorantes por dizerem algo tão estúpido não tendo nada para se basear, além desse clichê de merda. Não há fundamento na perda para se tirar essa conclusão. Eu não ousaria dizer a alguém que está sofrendo que o tempo vai curá-lo. Seria honesta e diria que o tempo não faz desaparecer as boas lembranças, só deixa um vazio no coração. A perda nunca entorpece. Diria a alguém de luto que o melhor que podemos esperar é encontrar algo produtivo para fazer para acalmar. Qualquer ambição de cura ou qualquer outra coisa tipo... corações, arco-íris, pirulitos e esses papos furados, é só besteira. Quando se sofre uma perda tão grande, é como se o sol desse espaço para a noite chegar e nunca mais aparecesse novamente. E isso te deixa numa eterna escuridão.

Fungo e limpo as lágrimas. — Eu amo tanto vocês. Até o ano que vem. — Deslizo as pontas dos dedos pelos seus nomes gravados na lápide, mais uma vez, e em seguida, me levanto. Ando em direção ao meu carro e a lembrança de Damon Cole invade minha cabeça. Eu mais do que o quero, agora. Eu preciso dele. Preciso afogar minha tristeza em um mar de luxúria e Damon é o homem perfeito para esse trabalho.

Capítulo Três

Sensações familiares

Nem sei por que estou perdendo tempo arrumando meu cabelo. Pretendo bagunçá-lo rapidamente quando estiver sozinha com Damon. Aquele homem é lindo e preciso da distração que tenho certeza que ele é capaz de prover. Posso ser taxada de vadia na opinião de algumas pessoas, mas fodam-se elas. A verdade é que essas idiotas que mantêm vida dupla são as mesmas pessoas que me invejam. Elas invejam minha coragem e falta de preocupação com estereótipos de merda. Toda a promiscuidade masculina contra a depravação feminina não me diz nada. Tô nem aí! Na minha opinião, se uma mulher está sendo cuidadosa e discreta, quem se importa quantos parceiros ela escolhe para levar para a cama? Não deveria importar. Jim, Jack, Bill, Bob e Will podem foder com cem mulheres, e ninguém dá a mínima para isso, mas eles são os santos garanhões! Se eu admitir ter feito sexo com uma fração disso, serei evitada como uma puta suja quando, na verdade, estou limpa. Eu sou cuidadosa. Escolho meus parceiros com sabedoria. Sou atenta e prevenida. É o meu corpo. Faço com ele o que eu quiser.

Aliso o meu cabelo castanho ondulado e o jogo sobre os ombros para cair pelas costas. Pego minha bolsa de cosméticos e tiro as coisas de dentro. Meus olhos verdes escuros sempre ficam melhores quando eu adiciono um pouco de maquiagem. Eu delineio minhas pálpebras, esfumaço um pouco com sombra, passo rímel nos cílios, e estalo meus lábios depois de passar meu gloss colorido. — Muito bem, Jo, hora de buscar prazer com Damon Cole — digo para o meu reflexo no pequeno espelho do banheiro. Pego minha bolsa e caminho, decidida, até a porcaria do meu carro velho, onde eu sento no banco do motorista para dirigir por dez minutos.

No momento em que viro a esquina e a loja aparece no meu campo de visão, também vejo Damon. Ele está de pé, na frente da loja, parecendo mais elegante do que me lembrava. Sua calça jeans é justa e parece desbotada, mas de ótima qualidade; sua camisa cinza carvão está desabotoada em cima e parece justa no peito e ombros. Minhas mãos coçam para deslizar sob o tecido. Estaciono o carro e desligo o motor, em seguida, saio, alisando minha saia jeans e ajusto minha blusa transpassada de algodão. Estou usando minha sandália anabela favorita e o meu melhor perfume. Tomei alguns cuidados extras, me preparando para a noite com Damon. Ele se vira na minha direção e seus olhos capturam os meus. Sua atenção se concentra em mim, enquanto me aproximo. Eu me sinto exposta e um pouco menos confiante do que há alguns momentos. Isso é estranho pra caramba. Não há nada de especial nesse cara. Ele é apenas um cara; um cara sexy, com o qual pretendo trepar exaustivamente esta noite. Seu olhar ainda não deixou o meu e o ar ao nosso redor, de repente, parece pesado e espesso.

— Oi.

— Você está linda.

Sua voz soa... promissora, e eu quase suspiro quando ouço o desejo sendo despejado a cada sílaba. Fico aliviada por ele me querer tanto quanto eu a ele. Não é preciso ser cientista para descobrir que a tensão entre nós é sexual. É atração puramente animalesca e totalmente involuntária.

— Obrigada. O que você planejou para nós? — pergunto, me sentindo esperançosa de que ele vá ser breve e me levar para a casa dele depois.

Ele me lança um leve olhar e posso dizer que ele está pensando. — Eu tinha planejado perguntar o que você gostaria de fazer. — Ele desliza uma mão casualmente no bolso e vejo um extravagante Rolex agarrado ao seu pulso como isca para caçadora de maridos ricos. Entendo; ele é habilidoso com essa coisa toda.

Não há necessidade de pisar em ovos. Vou direto ao ponto. Reaja rápido. Pergunte o que quiser. — Você sabe cozinhar?

— Não, realmente não. — Sua admissão me deixa um pouco envergonhada e, caramba, é extremamente fofo ver esse homem alto e misterioso, ruborizar. Seu olhar entusiasmado, de cor âmbar, desvia do meu, e pela primeira vez desde que chegamos, nosso olhar interrompe.

— Não faz mal, eu amo cozinhar — asseguro-lhe. — Se você estiver com fome, eu faço o jantar, mas terá que ser na sua casa. O meu é o pior apartamento desta cidade.

Ele abre um pequeno sorriso e seus lábios inclinam para cima em um lado. Sua confiança está de volta e seus olhos praticamente brilham com interesse. Ele me olha de cima a baixo lentamente, como se avaliando a minha habilidade culinária. Entre seu rubor adorável e aqueles olhos cor de mel, ele está ganhando todos os tipos de pontos comigo. Porra, eu quero colocar minha boca nele; em cada centímetro dele. Posso sentir o calor crescendo em meu rosto e eu sei que é hora de ver esse show na estrada. — Então... o que você me diz? — pergunto com um sorriso sedutor. — Quer que eu te impressione com as minhas habilidades culinárias ou o quê?

— Com toda certeza, quero que você me impressione, Jo. Meu carro está por aqui.

Ai, meu Deus! Esse homem vai achar que estou implorando por ele. Percebo isso agora. Ele sabe o que tem a seu favor e não tem medo de mostrar.

— Não há necessidade. Eu te sigo. Sua cozinha está abastecida? — Eu giro minhas chaves no dedo indicador e continuo me deliciando com a visão dele. Ele ainda está com uma mão enfiada no bolso, enquanto a outra pende livremente ao seu lado. Ele acena com a cabeça em entendimento.

— Está bem, entendi. Você realmente não me conhece. Mas prometo que você vai ficar bem. Vou me certificar disso.

Algo estranho agita dentro do meu subconsciente; algo familiar e assustador. Meu estômago revira por um instante e sinto como se eu devesse... fazer alguma coisa. Eu não sei que merda é essa, mas, puta que pariu, é uma sensação estranha. Ele percebe o meu desconforto, porque dá um passo à frente e repousa sua mão no meu braço.

— Ei, você está bem? É melhor você me deixar dirigir. Prometo te trazer de volta até seu carro no minuto que você disser. Ou posso providenciar que ele seja levado para a minha casa. Meu assistente não vai se importar. Ele é pago pra isso.

— Hã, sim, eu estou bem. Um assistente? Ele levaria meu carro, tipo, agora? — Eu arqueio uma sobrancelha em descrença e ele sorri e assente novamente.

Sua mão sai do meu braço e ele se posiciona ao meu lado, sua mão vai para a parte baixa das minhas costas, me guiando em um ritmo confortável para o que eu suponho ser sua... picape? Ele está apontando com o chaveiro para uma surpreendente picape. Essa coisa é um pouco alta, então subir no banco do passageiro com a minha minissaia jeans será interessante.

— Entre.

Num instante, suas mãos estão na minha cintura e ele me levanta com facilidade, colocando-me no banco do passageiro. Não consigo formar palavras. Minha cabeça cansada está atrapalhada para dar uma resposta. Talvez o carro dele esteja no conserto. Talvez ele seja um serial killer e usa essa picape para transportar corpos para o deserto. Ou, talvez, apenas goste de picapes. Muitos homens gostam de caminhonetes. É o veículo preferido do homem americano.

— Chaves? — Ele estende a mão para mim, enquanto a outra leva seu celular ao ouvido. Eu entrego as chaves e o ouço falar. — Brian, sim, vou voltar para casa daqui a pouco com o meu encontro. Preciso que você pegue a chave e o endereço de um carro, com a segurança, lá embaixo, em seguida, pegue o carro. É amarelo pálido, bem... ele também tem uma porta vermelha, e o capô cinza. Farei melhor. Vou deixar o número da placa com as chaves e você encontra o carro e o leva pra minha casa. Isso, obrigado.

Eu não pude deixar de rir da sua descrição para a porcaria do meu carro, um veículo que mais parece o carro do Frankenstein do que qualquer outra coisa. — Frank. É o nome do meu carro.

Ele me olha com descrença estampada no rosto. — Você deu nome ao seu carro? Por que Frank? — Ele se estica quando termina a pergunta e puxa o meu cinto de segurança para eu me prender.

— Você sabe, carro Frankenstein. Ele parece um experimento louco, então o nomeei de Frank. — Dou de ombros e sorrio.

Ele ri quando fecha a porta e caminha de volta para o lado do motorista. É um daqueles meio sorrisos que parecem que vão derreter até a minha calcinha e sinto um desejo enorme de beijá-lo aqui na picape.

Ele pula em seu assento e afivela o cinto de segurança. — Já prendeu seu cinto?

Dou um puxão no meu cinto para responder sua pergunta e ele começa a dirigir o seu grande brinquedo. — Por que você tem luxo no pulso, mas dirige uma picape?

— Bem, este é apenas um dos meus veículos. Gosto de variar algumas coisas. Não gosto de ficar entediado ou impaciente com apenas um carro.

Definitivamente outro mulherengo se divertindo no parque de diversões conhecido como Vegas. Quem sou eu para julgá-lo? Estou no mesmo parque. Claro, meu cenário não é tão impressionante; não ostento um Rolex ou dirijo um carro novo e a minha roupa, com certeza, não é de grife, mas curto muito de qualquer maneira.

— Está certo, entendi. Você gosta de variedade. Nada de errado com isso. Sua cozinha está abastecida ou devemos ir até o mercado?

— Acho que encontraremos algo nos meus armários. — Ele me olha e envia outro sorriso de derreter a calcinha e eu me delicio. Eu poderia olhar para aquele sorriso o dia todo.

A viagem não demora muito tempo, e antes que eu me dê conta, estamos em um prédio alto, elegante. Parece típico de alta classe de Vegas.

— Chegamos — ele diz quando estaciona sua indescritível picape.

Eu o olho e arqueio uma sobrancelha. — Você está brincando, né? Você mora aqui?

Damon não responde. Ele desliza para fora da picape e dá a volta para abrir minha porta. É um gesto gentil; não há muitos homens assim. Eu meio que gosto. Ele se estica e, novamente, me agarra pela cintura e me tira da picape, me puxando para seu corpo duro feito rocha e, lentamente, me abaixa, me colocando de pé. Ai, caramba, o cheiro desse homem é incrível. Meu coração acelera e minha respiração torna-se rápida.

— Desculpe. Não tive a intenção de ser muito ousado.

— Não precisa se desculpar — eu digo, soando um pouco ofegante demais, para o meu gosto. — Vamos? — Eu aceno e o alarme de seu brinquedo de criança grande faz um estalido quando ele o tranca.

Sua mão encontra a parte inferior das minhas costas novamente e eu me deleito com o calor do seu toque. Ele nos guia pelo saguão do edifício alto. Este lugar é absolutamente luxuoso. Que raios esse cara faz para viver? Ficarei chocada se ele disser que é dono de cassino ou alguma merda do tipo. Ele é um pouco mais velho do que eu. Dá para ver isso. Quantos anos tem ele? Trinta, certamente. Vou perguntar mais tarde.

— Como vai, Howard?

— Muito bem, chefe. Em que posso ajudar?

Damon desliza as chaves, com o meu chaveiro barato de pé de coelho e tudo mais, do outro lado da mesa de segurança, para Howard. — Preciso que você entregue isso a Brian quando ele chegar aqui, e este bilhete. — Ele pega uma caneta e um bloquinho da mesa de Howard e anota o número da minha placa. Eu leio a palavra "multicolorido", quando ele o desliza de volta para o coroa do Howard.

— Claro, chefe.

— Desculpe minha falta de educação. Howard, esta é minha amiga, Jo. Jo, este é Howard. Ele é o chefe de segurança aqui no *The Towers*.

— Prazer em conhecê-lo, Howard. — Estendo minha mão para Howard e nos cumprimentamos.

— Da mesma forma, madame.

— Por favor, apenas Jo.

Ele solta a minha mão e sorri calorosamente. Gosto de Howard. Ele parece ser um cara legal.

— Até mais tarde, Howard — Damon fala por cima do ombro enquanto me conduz em direção ao hall dos elevadores. Quatro, para ser mais exata. Porra, este lugar é chique. Sinto-me desconfortável. Não quero tocar em nada.

— Você deve ser muito rico para viver num lugar como este — digo sem pensar.

Damon ri e concorda com a cabeça, entrando no elevador. As portas se fecham e ele digita um código no painel de controle. Começamos a subir.

— Sou um empreendedor. Me saio bem.

É uma explicação simples, vaga, que me deixa curiosa para saber mais. O elevador para, as portas se abrem e, com sua mão nas minhas costas, ele nos conduz para fora do elevador e para um hall de entrada. Ele abre um painel na porta e aperta alguns botões. Ouço o clique de uma fechadura. A porta se abre e ele gesticula para eu entrar. Entro em sua casa e observo o lugar. Ela cheira a decorador de interiores muito caro. Nossa! Este lugar é o típico "apartamento de solteiro moderno", quando se entra. Parece quase uma clínica, tudo limpo e de cores claras. Posso sentir seu olhar em mim e me viro para encará-lo. Aceno e faço o meu melhor para fingir aprovação.

— Você tem uma bela casa. Deve ter tido uma daquelas decoradoras caras, hein?

— Sim. Paguei uma comissão considerável e ela fez isso. — Ele levanta as mãos e gesticula ao redor.

— Você não gostou?

— Não, acho que não, mas não fico muito aqui, por isso não ligo.

— Então, faça-a mudar! Você pagou. Deveria ter recebido o que você quer. — Cruzo os braços sobre o peito, fazendo um pouco de cara feia. Não tenho nenhuma razão para me irritar por causa disso, mas acho que tenho um profundo problema enraizado com pessoas que fodem os outros.

Ele inclina levemente a cabeça e me estuda por uns segundos. — Vem comigo. Eu quero te mostrar uma coisa.

Deixo minha bolsa no sofá baixo e o sigo. Ele nos leva

pelo espaço aberto da casa e, em seguida, subimos um lance de escadas. Continuamos caminhando pelo andar de cima e eu paro. Puta merda. Paraíso. Uma biblioteca no andar de cima. Ele volta e para ao meu lado.

— Parece que a sua decoradora excessivamente cara ou conseguiu acertar alguma coisa ou tem múltipla personalidade. — Estou completamente paralisada e admirando a aconchegante biblioteca.

É um enorme contraste ao tema frio, mas moderno, do resto da cobertura. Este espaço é enorme até para o padrão de alguém, mas não na mesma escala do resto da casa. Este lugar parece menor e mais aconchegante, o tipo do lugar que eu poderia me sentar por horas, lendo livro após livro. É incrível. Há somente duas paredes, e ambas estão equipadas com prateleiras de madeira escura, do chão ao teto. Deve haver milhares de livros aqui. É impressionante. Há duas cadeiras de grandes dimensões que poderiam ser facilmente namoradeiras, estofadas com um tipo de tecido sofisticado que me faz lembrar veludo. Elas não são de couro e frias como o mobiliário elegante do andar de baixo. O piso é acarpetado, não de cerâmica ou madeira, como o resto dos ambientes. É uma sensação macia, mesmo com minhas sandálias. Aposto que deve ser uma delícia pisar descalça. Há uma mesa de centro e duas mesinhas menores com uma luminária cada. Percebo que numa das paredes tem algumas prateleiras vazias. Por que estão vazias? Eu poderia preencher esse desperdício com meus livros favoritos. Caminho ainda mais para dentro do ambiente e ando lentamente na frente de uma das estantes. No processo, passo meus dedos, preguiçosamente, pelas lombadas de cada livro. A tinta e o papel têm um cheiro familiar para mim.

— Ela não fez a biblioteca ou o meu quarto. Eu planejei ambos.

Me afasto da prateleira, e olho boquiaberta para ele. — Uau. — É tudo o que consigo dizer. Droga, ele ficou ainda mais gostoso na minha opinião, e só porque tem um apreço óbvio por livros como eu. Talvez sua apreciação não seja muito parecida com a minha, mas ainda vale.

Ele não dá uma resposta clara à minha reação. Somente caminha até mim e para à minha frente. Sua mão direita pousa sobre o meu ombro e desliza para baixo, pelo meu braço, até que seus dedos se entrelacem com os meus. — Venha.

Não pronuncio uma só palavra, porque o meu coração está acelerado no peito. Porra, o jeito que ele falou foi sexy. Ele nos conduz pelo andar. Olho por cima do ombro mais uma vez, para a biblioteca particular mais incrível que já vi, então, continuo andando atrás dele. Paramos em frente a uma porta e ele a abre. Entro em um quarto que parece um mundo distante de todas as coisas frias e sem vida. Ele é elegante. As paredes são pintadas de um tom neutro terra com uma parede em destaque na cor água marinha. A cama tem uma cabeceira alta que me faz lembrar de uma daquelas poltronas. Ela é acolchoada e com efeito capitonê e o tecido que a faz parecer como se estivesse envolta em champanhe. Ele tem duas mesinhas de cabeceira com luminárias; há uma lareira a gás na parede ao lado da cama. Na parede acima da lareira está uma linda pintura abstrata, para quem sabe o que significa. Provavelmente foi feita por um desses hippies malucos. A cama parece o paraíso. Eu tenho um pedaço de rocha dura como colchão, mas esse parece uma nuvem. Nem quero ver a porra do banheiro. Se o quarto é qualquer indicação, o banheiro é, provavelmente, modelo de algum SPA ou alguma merda assim. Droga.

— Seu quarto é impressionante. Acho que você deve pedir seu dinheiro de volta à moça e decorar você mesmo. — Dou uma risada, mas ele não. Ah, merda, não leve a sério tudo o que digo.

Seus dedos apertam os meus e ele me puxa para ele. Então se afasta e lidera o caminho de volta para baixo. Entramos na cozinha e não me surpreendo ao ver que a maldita coisa coincide com o tema frio. É toda com bancada em granito brilhante e armários de madeira escura. Cada gabinete tem um vidro opaco no centro e um fino puxador de níquel escovado. Os eletrodomésticos são todos top de linha e custam mais do que ganho em seis meses, aposto. Deve ser divertido cozinhar nesta cozinha. É melhor do que meu fogão elétrico, torradeira e microondas.

— Então, tudo bem se eu começar?

Ele solta a minha mão e contorna, tranquilamente, a ilha central para sentar num banquinho do lado oposto, e me encara com atenção, aparentemente extasiado.

— Fique à vontade — diz ele com outro sorriso derrete-calcinha.

Isso me acerta em cheio e juro que, por apenas um segundo, sinto aquelas borboletas. Borboletas? Que merda é essa? Essa é uma zona proibida. Eu não faço a coisa de envolvimento emocional. Nunca foi uma boa ideia para mim. Só amei três vezes: *maman*, *papa* e meu trabalho. Já perdi dois desses três, e o terceiro está por um fio de ser arrancado de mim. Eu espanto esses pensamentos; não posso lidar com isso agora. Essa merda toda é a razão de eu estar procurando uma noite de sexo alucinante e distração. Começo a procurar pelos armários e gavetas. Todos os meus pensamentos depressivos logo ficam de lado enquanto eu preparo um dos meus pratos preferidos na cozinha sem vida de Damon.

Capítulo Quatro

Boca suja

— Esta é a melhor coisa que eu já comi em anos. Muito, muito bom mesmo, Jo. Obrigado — Damon afirma antes de devorar sua última garfada da minha famosa caçarola de cheeseburger.

É um dos meus pratos favoritos de fazer, já que é muito fácil e barato. Eu o faço para mim o tempo todo, mas nunca cozinhei para ninguém; esta é a minha primeira vez e meio que aprecio o elogio. Não costumo ligar para esse tipo de merda, mas há algo absurdamente familiar sobre ele. Algo familiar e reconfortante. Sinto que preciso estar perto dele. Como se talvez fosse a coisa certa a fazer; ele faz eu me sentir bem. Isso é um absurdo fodido. Sei disso, mas é um sentimento do qual não consigo me livrar. Tomo outro gole da minha água e ele segue o exemplo.

— De nada. Eu nunca cozinhei para ninguém, está é a primeira vez. Fico feliz por não estragar tudo. — Sorrio. Que porra é essa? Quem se importa se eu estragar tudo? Isso é somente uma noite, pura e simples.

— Você quer tomar um café na biblioteca?

— Claro.

Ele rapidamente liga a cafeteira e leva os nossos pratos sujos para a máquina de lavar. Eu o observo e espero.

Ele parece tão elegante. Aqueles olhos âmbar irradiantes têm um jeito de me enxergar por dentro e me fazer sentir nua, exposta... mas de uma forma incrível. Estou ansiosa para correr meus dedos pelo cabelo escuro e desgrenhado dele, desde que o vi pela primeira vez. Ele serve nosso café e faz do jeito que eu gosto: com creme e pouco açúcar. Ele deve ter lembrado desta manhã.

— Café. Creme e açúcar.

Pego a xícara. — Obrigada.

Ele oferece o braço para eu me juntar a ele. O meu desliza por dentro da dobra do cotovelo dele e subimos a escada de braços dados. Entramos na biblioteca no andar de cima e coloco meu café na mesinha para admirar o espaço novamente. Eu amo isso aqui. Porra, eu mataria para ter uma biblioteca particular como essa. Geralmente não me iludo em ter sonhos extravagantes achando que serão realizados. Sou bastante realista, não consigo evitar, mas desejo, um dia, acabar descansando numa biblioteca parecida com essa, mas minha.

— Eu realmente amo a sua biblioteca. Não imagino você como um amante de livros. — Olho para ele. Droga, ele parece ser gostoso o bastante para morder.

— Por quê?

— Oh, não sei. Não deveria estereotipar, mas você não parece muito com o tipo de homem que senta para ler.

— Não sento. Nunca tenho tempo suficiente, mas não foi isso que eu quis perguntar. Quero saber por que você ama a minha biblioteca?

O quê? Ele é algum estúpido? Eu trabalho numa livraria, pelo amor de Deus. Isso deveria ser uma grande indicação de que tenho uma coisa por livros. Eu franzo a testa. — Trabalho numa livraria. Não trabalharia lá se não gostasse. — Ele arqueia uma sobrancelha, ceticamente, e posso dizer que ele quer saber mais.

— Sim, mas por que você trabalha em uma livraria?

Eu me posiciono em uma das cadeiras ultra macias e respiro fundo. Ele se senta na cadeira em frente a mim e apoia os pés sobre a mesinha de centro, entre nós. Contra os meus princípios, decido colocar tudo para fora. Não tenho nada a perder mesmo. Embora esse cara seja, inegavelmente, um bom partido, isso não muda a questão. Esse é um caso de uma noite, eu não tenho relacionamentos. Não importa se isso é um encontro, porque tenho quase certeza de que ele não é do tipo que tem relacionamentos, também. Então, foda-se. Vou contar a ele por que amo livros.

— Minha infância foi uma merda. Comecei a viver nas ruas, quando tinha doze anos, e mendiguei por seis. Eu costumava passar a maior parte do dia na biblioteca. No início, era um lugar para me aquecer no inverno e refrescar no verão, mas depois fiquei viciada. Eu não tinha ninguém, mas cada vez que entrava por aquela porta, sentia como se cada autor fosse parte da minha família e os personagens que eles criavam fossem todos meus amigos. Eu confiava neles. Nenhum deles jamais me decepcionou ou me deixou. Eles nunca gritavam ou batiam em mim. Nunca me fizeram nada, mas ocupavam meu tempo e me faziam companhia. Eles foram tudo o que eu tive, por muito tempo. E tudo o que ainda tenho. Agora que a loja pode ir à falência, é como se eu fosse perder minha família e amigos. Amo todos os meus livros. Ser uma amante de livros salvou a minha vida. Passei mais tempo lendo na biblioteca do que me colocando em risco nas ruas. Aprendi sozinha o que precisava para ser capaz de passar no meu exame supletivo. A bibliotecária, Evelyn, nunca me mandou embora. Ela poderia... e deveria. Mendigos não são, frequentemente, bem-vindos para permanecer em biblioteca pública por tanto tempo, mas acho que ela sabia que eu não estava só usando o local como abrigo. Um dia, ela veio até mim com um cartão de inscrição para o supletivo básico e disse para me inscrever. Tudo o que eu tinha que fazer era aparecer, estava tudo pago. Ela também me deixou usar seu endereço pessoal na papelada, já que eu não tinha um. Devo muito a ela e a todos os livros que já li. É por isso que eu os amo, e é por isso que trabalho em uma livraria. — Rezo, esperançosamente para que ele lembre sobre o que eu disse sobre desculpas e como as desprezo ou vou me arrepender de abrir a minha boca sobre a merda que foi a minha infância.

— Você tem uma boca suja, não? — ele diz, insinuando sugestivamente.

Se tenho! E que boca suja. Vou mostrar o quão suja é, se formos direto ao ponto e puder nos livrar de algumas roupas. Não transo há semanas e estou ficando impaciente. Levanto da cadeira e contorno a mesinha de centro para ir até onde ele está sentado.

— Eu realmente não quero mais tomar café e nem conversar.

Ele se levanta e seu corpo fica tão perto do meu que posso sentir o calor irradiando dele. Ele se inclina e seus lábios carnudos roçam a borda da minha orelha. — Então, o que você gostaria de fazer, Jo? — Seu hálito quente incendeia a minha pele, e meu núcleo se transforma em excitação líquida, quente.

Puta que pariu, eu o quero entre as minhas coxas. — O que você gostaria? — sussurro.

— Você gostaria que eu te mostrasse o que quero?

— Sim.

Uma de suas mãos envolve a minha cintura e ele me puxa para ele. Meu corpo colide contra o dele com tal força, que, por um instante, falta ar nos meus pulmões. Sua outra mão sobe lentamente pela minha espinha, passando pela nuca e para no meu cabelo. Seus dedos emaranham em meus cabelos castanhos ondulados e ele puxa minha cabeça para trás, apenas o suficiente para lhe dar acesso ilimitado ao meu pescoço. Sua boca quente cai na minha pulsação acelerada e ele a beija e lambe a minha pele. Sua boca avidamente trilha do meu pescoço até o meu ouvido. Ele toma o lóbulo da minha orelha na boca e suga por um breve momento, antes de morder levemente, persuadindo um gemido de mim. Sua respiração está entrecortada e a minha também. Estou ofegante e devassa em seu domínio. Meu corpo está vibrando com a necessidade.

Seus quadris estão colados no meu corpo e sua ereção pressiona contra o meu estômago. É duro como uma rocha e pulsante; posso sentir seu pau se contraindo mesmo através do tecido que separa os nossos corpos. Estou impotente em seu firme aperto dominante. Sua mão não solta o meu cabelo e estou pressionada nele o mais perto que posso sem que seu pau me preencha. Porra, eu quero senti-lo dentro de mim. Ele mantém sua atenção no meu pescoço e orelha, em seguida, muda de lado e faz o mesmo. Estou encharcada por ele. Posso sentir o quão escorregadia ele me deixou. Se ele não me tomar logo, pode ser que eu implore, o que não é do meu estilo. Mas, caramba, esse homem mexe comigo, e é algo que eu nunca experimentei antes. Ele continua lambendo o meu pescoço e puxando o meu cabelo. Seus quadris sarram habilidosamente contra o meu corpo. Já chega. Foda-se.

— Por favor...

Ele congela, afasta-se ligeiramente e me encara. Esse olhar sensual, cor de mel, é a minha ruína.

Eu coloco minhas mãos de encontro à parede firme de seu peito e recorro à mendicância. — Por favor — repito, soando mais desesperada do que da primeira vez.

Ele me agarra e puxa com força para ele, mais do que da primeira vez e rosna em meu ouvido. — Vou te comer, agora. Vai ser intenso e com força. Prepare-se.

Outro gemido me escapa e me derreto toda em seu abraço. Ele suspende o meu corpo em seus braços e instintivamente envolvo minhas pernas em volta de sua cintura, enquanto a passos largos e com determinação, ele atravessa o corredor em direção ao quarto. Sem se preocupar, ele chuta a porta para abri-la, e, apressadamente, me carrega para cama. Ele não me beijou ainda... e meus lábios estão ansiosos para saboreá-lo. Ele me coloca ao seu lado, na cama, e desliza a mão entre os meus joelhos, e espalho minhas coxas, convidativamente. Um rosnado baixo de apreciação escapa de novo e nada. Droga, isso me excita.

— Damon, por fav...

— Calma. Paciência.

Oh, pelo amor de Deus. Vou explodir se ele não me tomar agora. Ele se move para ficar entre as minhas coxas. Olho para sua ereção e minha boca enche d'água para prová-lo. Ele corre, lentamente as mãos para cima, nas minhas coxas, enquanto se inclina para mim; seus lábios estão tão perto dos meus. Uma das mãos aperta a minha coxa, forte pra caramba, ao ponto da dor, mas meu núcleo desperta deliciosamente; é a maior contradição. Sua outra mão desliza mais pela coxa até a junção entre as minhas pernas. Tremo em antecipação e ele, observadoramente, reconhece minha submissão. Jamais permiti que qualquer um tivesse tal poder sobre mim, mas quero que Damon me tome; tudo de mim. A sensação é muito boa agora. Não tenho nenhuma explicação racional e, no momento, realmente não dou a mínima. Só consigo pensar nele. Me dominando, corpo e mente, não faço nada para lutar contra. É bom demais para negar. Sua boca está tão perto que quero seus lábios nos meus; quero sentir tudo dele. Um dedo engancha no pequeno triângulo de algodão que encobre minha excitação e ouço o rasgo do tecido, ao mesmo tempo em que sua boca toma a minha. Sua língua desliza sobre meus lábios no mesmo instante em que seu dedo desliza para dentro de mim. Puta que pariu. Gemo enquanto sua língua molhada, suavemente, desliza contra a minha. Um segundo dedo desliza pelo meu canal. Ele consome completamente a minha boca, que mal consigo respirar. Sua língua se aprofunda. Meus quadris ondulam por vontade própria em resposta aos dele. Ele interrompe nosso beijo e retira seus dedos. Observo quando ele lambe os dois dedos, limpando-os. Oh, merda, isso é sexy.

— No minuto em que eu te vi naquela loja, tentei imaginar o quão bom seria o seu gosto. — Ele enfia os dedos de volta em sua boca e, lentamente, os retira. — Eu não estava nem perto. Você tem o gosto da perfeição.

— Me come — eu choramingo.

— Ainda não — ele diz, enquanto me afasta para abrir o botão e o zíper da minha saia jeans curta. De uma só vez, ele me liberta da saia e da calcinha rasgada. Ele puxa minhas pernas até que meus joelhos estejam quase tocando meu peito. — Segure as pernas e aconteça o que acontecer, não solte até eu mandar.

Concordo com a cabeça em entendimento. Que porra ele vai fazer? Eu deveria me sentir um pouco tímida em ficar deitada, tão abertamente em sua cama, mas não sinto vergonha alguma. Estou com muito tesão para sentir qualquer coisa, além de excitação. Ele me dá um meio sorriso sensual quando dá um passo atrás, por um momento, e admira a minha posição. Ainda não me sinto envergonhada, me sinto excitada; muito, muito excitada. Antes que eu consiga tomar ar, ele se inclina e aperta meus quadris, pousando sua boca no meu centro encharcado. Droga. Ele geme e o baixo tom de sua voz vibra em seu peito, passando pelos lábios, e logo contra minha carne necessitada.

Eu choramingo e me contorço debaixo de sua boca. Seu agarre no meu quadril aperta dolorosamente, e mais uma vez, o meu núcleo mexe deliciosamente. É desconcertante pra caralho. Seus lábios me beijam, então sinto sua língua entrando em mim. Ele lambe, mergulha e volta. Rápido, e então abranda. Sua língua traça profundamente as minhas paredes internas e em movimentos curtos e rasos na minha abertura, me levando ao clímax num instante. Sinto como se estivesse à beira do êxtase. Ele mergulha dois dedos em mim com atenção afiada em meu clitóris. Sua boca cobre meu conjunto de nervos pulsantes e eu gemo alto. O aperto nas minhas pernas escorrega e eu as solto por um instante. Sua boca deixa meu clitóris e seus dedos saem de dentro de mim.

— Minha nossa, por favor, não pare — imploro.

Olho para ele enquanto ofego e tento recuperar o fôlego. Deslizando o zíper de sua calça jeans para baixo, ele engancha os polegares no cós da cueca e liberta sua ereção. Ele chuta o jeans e a cueca para longe. Puta merda! Seu pênis é perfeito. Grosso e longo, tudo o que eu poderia querer. Sua pele é rosada e parece suave. Preciso tocar seu comprimento rígido e pulsante. Quero colocá-lo em minha boca e sentir o gosto dele.

— Eu disse pra você não soltar as pernas, não foi?

O quê? Sério que ele vai gritar comigo por me perder no momento? Antes que eu possa dizer qualquer coisa, ele me arranca da cama e me gira. Então puxa minha camisa sobre a cabeça e engancha o dedo no fecho do meu sutiã. Ele o abre e, em seguida, o arranca. A alça estala contra a minha pele e eu pulo, principalmente pela surpresa. Ele se inclina para mim e sua ereção pressiona contra a minha bunda.

— Eu disse pra você não soltar.

— Eu sei.

— Eu disse que isso seria intenso. Você está pronta?

— Caralho, mais que pronta.

— Você tem uma boca suja.

Olho para trás, a tempo de vê-lo terminar de rolar um preservativo por toda a extensão de sua ereção.

— Prepare-se, Jo.

Um momento de preocupação se apodera de mim. E se ele me machucar? E se ele for um maluco esquisito que faz merda com estranhas no quarto? Estou mais do que bem com sexo bruto, mas se as coisas ficarem estranhas, não sei se consigo lutar contra ele. Ele se inclina e escova os lábios contra o meu ouvido novamente, enviando arrepios por todo o meu corpo, e todos os pensamentos preocupantes desaparecem

— Você está segura comigo — ele murmura.

O pior é que acredito nele, o que é um absurdo. Inacreditável, não? Não sei o porquê, mas porra, me sinto segura com ele. Não consigo explicar. Tudo o que sei é que ele parece requintado e confio nele com o meu corpo. Concordo com a cabeça e os dedos dele voltam para a minha abertura, por trás. Ele os desliza pela minha excitação, por cima de mim.

— Tão molhada. — Ele cutuca a ponta de seu pênis grande contra mim e eu abro ainda mais minhas pernas para ele. A cabeça de sua ereção desliza como seda sobre a minha carne e ele faz uma pausa, posicionando apenas a ponta dentro de mim. — Diga-me o que você quer — ele exige e eu não hesito.

— Eu quero você. Quero o seu pau — choramingo.

— Diga-me que está pronta pra mim.

— Por favor, estou pronta pra você. — Minha voz está tão ofegante que mal a reconheço.

Ele, calmamente, entra um pouco mais e, em seguida, retira para deixar apenas a ponta novamente. Eu choramingo, desesperada por mais. De repente, ele enfia, de uma só vez, todo o seu comprimento grosso, pulsante, com voracidade. Seu pau me faz perder o fôlego e tenho que respirar fundo para recuperá-lo. Posso sentir a ponta de sua grossa ereção batendo, profundamente, com força, dentro de mim. É uma sensação que nunca experimentei antes e o pensamento de ele ser o primeiro a me encher tão completamente é arrebatador. Ele recua e enfia com um domínio espantoso. Ele tira tudo e enfia novamente. Cada impulso profundo me tira todo o ar e luto para puxá-lo, mesmo que um pouco. Uma de suas mãos desliza pela lateral do meu corpo e ele a aperta na parte baixa do meu abdômen, sua outra me aperta na parte baixa das minhas costas. Ele me mantém imóvel nessa posição, enquanto golpeia com força, dentro de mim, mais e mais. Com a mão pressionando contra o meu estômago, posso sentir a ponta do pau grosso, mais profundamente ainda. É uma forte sensação de prazer e dor.

— Você gosta disso, não é? — ele grunhe em meu ouvido.

Deus, sim, gosto. Porra, amo! Ele é, de longe, o melhor amante que já tive. Sem aviso, ele congela no lugar e a mão na parte inferior das minhas costas desaparece, reaparecendo com um tapa forte na minha bunda.

Eu ofego - minha nossa, isso é excitante demais.

— Diga-me — ele exige.

Obedeço imediatamente. Eu faria qualquer coisa agora, só para ele voltar a se mover dentro de mim novamente.
— Adoro — respondo sem pensar.

Sua mão quente desliza pela minha bunda avermelhada e minhas entranhas se agitam com desejo renovado. Com um gemido alto, ele enterra-se dentro de mim mais uma vez. Estremeço quando ele começa a se mover novamente. Seus impulsos se tornam mais fortes e ainda mais rápidos do que antes. Minhas pernas estão bem mais abertas. Meus joelhos estão dobrados para que meus pés fiquem pra cima. Ele agarra meus quadris com força e me puxa para ele enquanto empurra para a frente. É uma sensação de leveza. Eu finco minhas mãos na cama quando meu estômago aperta bem lá no fundo. A eletricidade começa a percorrer desde as pontas dos dedos das mãos e dos pés, através dos braços e pernas, para se concentrar num explosivo clímax violento, no meu centro. Meu corpo agarra sua ereção. Ofego e estremeço. Cada músculo contrai e o prazer me consome completamente. Meus olhos rolam para trás e ele dá mais uma estocada, em seguida, geme e grunhe quando sua própria libertação o leva ao limite.

— Damon! — eu grito com o pouco de fôlego e energia que me restam. Estou esgotada. Meu corpo treme e estremece em seu aperto. Ele permanece plantado dentro de mim enquanto se inclina para frente para descansar seu peito contra as minhas costas. Posso sentir o suor de sua pele e as batidas do seu coração enquanto me recupero do meu orgasmo extasiante. Estou exausta, sinto-me incapaz de me mover um centímetro. Agora é geralmente o momento no qual recolho minhas roupas e digo "até nunca mais", mas não consigo falar. Talvez ele fale por mim.

Ele permanece onde está por mais alguns instantes, enquanto nós dois recuperamos o fôlego e nossos corações desaceleram. Ele finalmente sai de dentro de mim e me vira para encará-lo. Sua ereção ainda não desapareceu. Meu Deus, meu tesão retorna e já o quero de novo.

Abro a boca para falar, mas ele coloca a mão grande nos meus lábios, antes que eu possa formar meu patético discurso deselegante pós-foda.

Ele balança a cabeça de um lado para o outro. — Não. Isto não é o que você está pensando.

Isso é tão embaraçoso... Ele caminha para o que parece ser o banheiro e reaparece um momento depois. Estamos de pé, um de frente para o outro, completamente nus. Essa é a pior parte de uma transa ocasional. Há sempre aquele bate-papo estranho depois. Às vezes, me dá vontade de parar de fazer isso e investir num relacionamento. A ideia me assusta pra caralho, mas essa coisa de sexo casual já está ficando previsível. Sem mencionar que nunca tive essa sorte antes. Damon é o melhor que eu já tive. A ideia de dormir com alguém que tenha menos façanha sexual que Damon me deprime ainda mais.

— Escute, eu entendi. Isso não é grande coisa. Não sou o tipo de mulher que equipara sexo a um relacionamento. Isso aconteceu uma vez e não vai acontecer de novo. — Passo por ele para pegar minhas roupas e seus braços me erguem do chão, em seguida, meu corpo bate no colchão. No reflexo, ricocheteio na roupa de cama macia e ele, rapidamente, cobre meu corpo com o dele.

— Não, essa é justamente a questão. Isso não vai ser como você diz. Você acha que isso aconteceu uma vez e não vai acontecer de novo. E eu digo que não.

Opa! O quê? — Humm, cacete, vai com calma, cara. Do que você está falando?

Ele ri e é contagiante. Eu meio que quero rir junto.

— Essa sua boca suja é bem engraçadinha também. — Ele se inclina para frente e pressiona seus lábios nos meus e eles têm um gosto delicioso. Nós bebemos um ao outro avidamente por um longo tempo. Quando o beijo termina, estamos ofegantes e famintos por sexo novamente. Droga.

— Se isso não é o que eu acho que é, então, diga o que você acha que é.

Ele move as pernas para que um joelho fique entre os meus e os cutuca para separá-los. Minhas pernas se separam em resposta. Ele coloca seus quadris entre as minhas coxas e sua resistente ereção pulsa contra o meu estômago. Ele puxa meus braços acima da minha cabeça e facilmente os prende com uma das mãos. A outra segura meu queixo, forçando-me a olhá-lo no rosto.

— Quando te conheci, hoje de manhã, tive uma sensação estranha e não sei o que é ainda. Até eu descobrir o que é, isso não acabou. Eu quero você. Você me quer. Estou pensando em tê-la tanto quanto puder.

Quem esse cara pensa que é? Admito, essa coisa de dominante é excitante na cama, mas sou a única no comando da minha vida. Jamais abrirei mão disso. — E se eu disser que, nem fodendo, categoricamente, não?

— Você não vai. Você sentiu o mesmo, sei que você sentiu. Vi nesses seus olhos verdes.

Ele está certo. Eu quero mais dele. Como eu poderia recusar este tipo de sexo? Nenhuma mulher na face da Terra o recusaria. Posso concordar com isso. Não é como se eu concordasse em casar com ele. Estou concordando com mais sexo. Só isso. Nada demais. — Ok, tudo bem. Sexo. Posso ficar com você para ter um pouco mais de sexo.

— Ótimo. — Ele sorri amplamente, mostrando seus dentes brancos e brilhantes, e libera meus pulsos, correndo uma mão pela minha lateral em um ritmo sedutor e dolorosamente lento. Seus lábios pressionam no meu pescoço e ele começa a beijar, num rastro quente e úmido em direção ao meu seio. Ele agarra meu quadril com uma das mãos, enquanto a outra vai para os meus seios e massageia a minha carne. Ele toma um mamilo em sua boca e eu gemo.

— Sua cama é boa — murmuro.

— É mesmo? — ele diz, com a boca cheia pelo meu seio, sugando com força, antes de liberar meu mamilo duro.

— É sim. Muito melhor do que a porcaria da minha cama.

— Se você acha que a minha cama é boa, deveria ver a minha banheira. — Em um movimento gracioso, ele me arrasta para fora da cama e me coloca de pé. Cambaleio levemente e agarro seu braço musculoso. Ele me segura pelos ombros até a minha visão clarear.

— Levantei muito rápido.

— Desculpe. Melhor agora?

— Melhor — afirmo.

Capítulo Cinco

Estimulando as lembranças

Damon me arrasta para o seu enorme e moderno banheiro, e espero enquanto ele abre as torneiras para encher a banheira gigantesca. Seus músculos ondulam e flexionam quando ele se move e eu me delicio. A visão deste magnífico homem nu é um verdadeiro deleite. Admito que estou um pouco animada para prolongar essa relação sexual. Ele se inclina sobre a banheira e despeja alguma dessas merdas de sais de banho. Tenho certeza de que ele presume que gosto dessas porcarias e uso-as com frequência. Ele está errado. Não uso sais de banho porque não tomo banho de banheira. Nem sequer tenho uma. Então, mesmo que eu quisesse, não poderia. A porcaria do meu apartamento mal e porcamente tem um minúsculo box, e só. Teria me mudado de lá, mas o aluguel é barato e já estou lá há sete anos. Nem posso pagar despesas de mudança, de qualquer maneira, especialmente agora que a loja está em dificuldade.

Minhas reflexões me distraem de Damon. Ele dá um passo atrás de mim e me puxa de volta contra seu peito. Observo nosso reflexo no espelho e pânico, puro pânico, me invade. Ficamos bem, juntos; parecemos um casal. Seus olhos cor de âmbar contrastam com os meus verdes de uma forma que me pego olhando-o fixamente, apesar do nervosismo. Seu cabelo quase preto, desgrenhado, parece ainda mais escuro e brilhante em relação ao meu castanho médio, ondulado. Sua pele é mais escura do que a minha. Trabalhar numa livraria o dia todo não me permite pegar muito sol. Permaneço congelada em seus braços. Estou nua e apavorada, mas fascinada ao mesmo tempo. Ele segura meu queixo e me mantém olhando para a frente, para o espelho.

— Está vendo? Você sentiu isso também, e agora você entende — ele sussurra em meu ouvido e sei que ele está certo.

Quando ele me tocou esta manhã, algo familiar passou como um flash na minha cabeça, e agora, vendo o nosso reflexo no espelho, parece como um déjà vu, mas não consigo entender essa merda. Isso não é a minha praia; estou no desconhecido aqui. Estou prestes a tomar banho com um homem que conheci há menos de vinte e quatro horas. Acabamos de nos conhecer esta manhã, mas não consigo afastar a sensação de que já o vi antes. Isso vai me deixar louca até eu descobrir como o conheço. Não falo nada e o olho fixamente, até que ele me libera para desligar a água. Então, segura minha mão e me puxa para a banheira.

— Entre. — Retribuo o aperto em sua mão e entro na enorme banheira, afundando calmamente na água. Seu corpo alto, moreno e elegante imita meus movimentos e o nível da água sobe significativamente. Ele chega para frente e facilmente me puxa para o outro lado da banheira, onde ele está recostado, me aninhando entre suas coxas musculosas.

Estou completamente absorta em pensamentos, sonhadoramente, aproveitando o banho e ele.

— Diga-me o que está pensando, Jo.

Suspiro. — Certo. Eu estou pensando que isso é estranho.

Ele afasta meu cabelo, jogando-os por cima do ombro,

enche as mãos com água e derrama nas minhas costas. — Explique, o que é estranho?

— Admito essa coisa toda da familiaridade. Mas eu não faço... isto. — Levanto a mão no ar e a giro em um círculo.

— Eu também não — ele admite.

— Então por que se preocupar comigo? Nenhum de nós se envolve em relacionamentos. Francamente, eu nunca namorei, tipo, jamais.

— Você nunca teve um namorado?

— Não existem muitos caras dispostos a namorar garotas sem-teto — digo sarcasticamente e encolho os ombros. — Além disso, não quero me envolver em um relacionamento com alguém. Eles sempre terminam e, de uma forma ou outra, nunca é bonito. Então, por que me iludir?

— Entendo a sua lógica, mas não estou pedindo que você se comprometa em um relacionamento comigo. — Ele continua sua tarefa de me jogar água, enquanto tentamos resolver que merda é essa que está acontecendo entre nós.

— Não está? — Agora me sinto uma idiota.

— Não. Já entendi. Só não consigo entender o que é isso... entre nós. E vai me matar se eu não descobrir.

— Eu sei, é estranho.

— Tudo bem, vamos fazer um acordo.

Minhas mãos acariciam pequenos círculos sobre suas coxas enquanto ele fala.

— Vamos apenas concordar em nos vermos até conseguirmos descobrir por que raios parece que já nos conhecemos. Você me verá todos os dias. Passaremos o máximo de tempo juntos até chegarmos a uma conclusão. Sem condições. Apenas sexo incrível e tentar estimular as lembranças. De acordo?

Acho que posso lidar com isso. Parece muito melhor do que pensei que seria. Parece bom, na verdade. Eu gosto dele. Ele é legal, brilhante na cama, tão atraente... e, aparentemente, nos conhecemos. Que se dane. Isso pode ser divertido. — Tudo bem. Você já demonstrou que é excelente na parte do sexo. Como planeja estimular nossas memórias? Minha memória é excelente, e se isso for apenas fruto da nossa imaginação?

Viro-me para encará-lo e ele se acomoda à minha mudança de posição, me puxando para ele. Em um movimento rápido, ele está no meio da banheira e eu com as minhas pernas em volta de sua cintura.

— Isso é fácil, mas muito infantil. Vinte perguntas. Vamos jogar.

Eu rio e envolvo meus braços em volta do pescoço dele para acariciar seu cabelo. — Tudo bem, eu acho.

— Eu começo. Onde você trabalhou?

— Essa é fácil, pois a livraria é o único emprego que já tive. Agora a minha vez; quantos anos você tem?

— Acho que sou um pouco mais velho do que você. — Ele me olha timidamente e eu me derreto. Ele não pode ser muito mais velho do que eu. Levanto uma sobrancelha. — Tenho trinta e três anos. E você, quantos tem?

— Tenho vinte e cinco. — Dou de ombros. — Alguma vez você foi voluntário no centro de caridade da Décima Avenida?

Ele olha para mim, incrédulo. — Não. Talvez eu tenha te visto em uma das boates?

— Não frequento boates. Nem tenho nenhum amigo para ir a boates ou a bares. Qual é a sua profissão?

— Sou empresário e investidor. Tenho várias boates aqui em Vegas. Também possuo três restaurantes cinco estrelas e invisto em vários empreendimentos.

— Oh, não me surpreende. Você é um engravatado — falo zombando, só porque ele, definitivamente, não é um engravatado chato.

— Engravatado a maior parte do tempo. Família?

Não, por aí não. Respiro profundamente e coloco tudo para fora. — Não tenho irmãos e meus pais morreram, daí a coisa toda de ser sem-teto. Você?

Ele assente e olha para a parede atrás de mim. Então fica em silêncio por um momento e espero, conforme passo meus dedos, desenhando um oito, na parte de trás do seu pescoço. — Não falo com o meu pai e nunca conheci minha verdadeira mãe.

Droga. Jamais poderia prever isso. Ele parece bastante esclarecido. Quer dizer, qualquer um pode olhar para mim e dizer que sou uma fracassada. Xingo demais e não sinto a menor vontade de corrigir os meus maus hábitos. Fumo quando bebo. Deixo minha louça suja acumular, antes de lavá-la. Uso meu jeans várias vezes antes de lavá-lo e uso muitos mais vezes, do que alguns dias, com as mesmas roupas. Acho que a ideia de amor e família, e todo esse papo furado é um desperdício. O ponto é: tenho alguns hábitos e filosofias fracassadas. Damon não tem indícios de ser fodido, talvez por isso ele não seja.

— Vamos sair, a água está ficando fria.

Eu me desenrolo dele e seguro a borda da banheira para sair. — Oh, merda! Merda, merda, merda — grito quando percebo o erro que cometi.

— O que houve?!

Eu quero chorar. Sou tão burra. Entrei na banheira com o relógio da minha mãe e o segundo ponteiro parou de marcar. Eu não sou de chorar, mas meus olhos se enchem lágrimas e meu queixo treme.

— Jo, o que há de errado? — A voz de Damon é severa e me tira do meu torpor lamentável.

Olho para ele com lágrimas escorrendo pelo meu rosto. Meu Deus, não vou me perdoar por isso. É tudo o que tenho de *maman*. Ela era tão orgulhosa dele. *Papa* lhe deu este relógio no primeiro aniversário de casamento deles. Ela me contou que ele trabalhou num segundo emprego durante meses só para juntar dinheiro para comprá-lo. Ela o usava com orgulho e ele sabia que seu trabalho duro tinha valido a pena. Agora ele não funciona e não sei se ele pode ser consertado. Mesmo que possa, não posso me dar ao luxo de pagar nesse momento. — Meu relógio — digo fracamente entre lágrimas.

Ele estende a mão e pega meu pulso. Então examina o relógio por alguns instantes e sei que deve estar quebrado, porque seu rosto perde a cor. Merda de vida. Ele abre o fecho delicado e examina o relógio mais de perto, e olha o verso. Às vezes esqueço a dedicatória no verso do relógio. Ela diz: *"Collette, avec mon coeur residem vous derramar toujours plus."* Está em francês, e mesmo que o meu esteja enferrujado, ainda consigo ler e falar isso decentemente. Damon me olha e compaixão enche seus olhos. Eu conheço esse olhar e o odeio, mas de alguma forma, vindo dele, não chega a parecer como se fosse pena. Parece como compreensão e eu aceito. O relógio arruinado da minha mãe é a minha única preocupação no momento.

— O que está escrito? — ele pergunta num sussurro.

— *Collette, meu coração reside em você para sempre* — traduzo fracamente, as lágrimas continuando a deslizar pelo meu rosto.

Ele assente e olha para mim. — Você me disse seu sobrenome. Qual é mesmo? Vou resolver isso. Mas vão precisar do nome do proprietário.

— Geroux. Meu nome completo é Josephine Lisette Geroux.

— Vou consertá-lo. Prometo a você, Josephine.

Não me incomodo que ele seja consertado com meu nome. Estou completamente encantada com a sinceridade e a emoção visíveis em suas feições. Ele me envolve em uma toalha felpuda e enrola uma em sua cintura, me levando de volta para seu quarto. Olho para o relógio em sua cabeceira; 00:26. Minha nossa! Já estou com ele há mais de seis horas? Ele retira o edredom da cama pecaminosamente confortável, em silêncio, e me levanta em seus braços para me colocar na cama. Não protesto; não tenho forças para lutar contra.

Estou devastada pelo dia de merda que tive de suportar. Damon desliza ao meu lado e me puxa para ele. Coloco minha cabeça em seu ombro e choro, me permitindo um pouco de auto piedade. Dezesseis anos se passaram desde que o meu mundo desabou. Tenho lutado e sido forte a cada dia, desde então. São exatamente cinco mil oitocentos e quarenta dias. Sei porque sempre contei os dias, desde o acidente. É mais um hábito que não consigo largar. Então, hoje, vou sentir pena de mim e deixar que Damon também sinta.

— Vou fazer as coisas melhorarem.

Fungo e seco minhas lágrimas. — Eu juro que não sou um poço de lamentação. É só que... isso é tudo o que me resta.

— Como assim?

— Hoje faz dezesseis anos que eles morreram. O relógio da minha mãe é tudo o que me restou deles e eu o estraguei como uma adolescente idiota. Eu sabia que não era à prova d'água. Minha mãe sempre o tirava quando lavava louça. Me lembro disso.

Damon me rola de costas e desliza para baixo, para se ajoelhar entre as minhas pernas. Estava deitada, nua, diante dele em lágrimas e ele parecia não se importar. Ele levanta uma das minhas pernas e me beija no pé. Tremo quando uma onda de eletricidade corre dentro de mim. Então beija no tornozelo e outro choque atinge minhas terminações nervosas. Ele começa a deixar uma trilha de beijos carinhosos nas minhas pernas. Então para na minha cicatriz.

— Como você conseguiu isso? — ele pergunta, encarando minha horrível lembrança do acidente.

— Tenho que agradecer ao idiota que matou meus pais, por isso. Eu estava no banco de trás quando fomos atingidos de frente. Tive uma fratura exposta.

Ele inala profundamente e me olha. Um flash de raiva atravessa seu olhar por um momento e ele parece tão desolado. Ele não tem motivo para estar zangado. Sou a única com uma cicatriz fodida e os pais mortos. Ele levanta a minha perna e pressiona os lábios na minha cicatriz, então descansa sua testa contra a minha lembrança feia.

— Eu sei que você não quer ouvir isso, mas tenho que dizer mesmo assim. Desculpe. Eu sinto muito.

Seu pedido sincero de desculpas me causa uma nova rodada de choro. Ele volta para o meu lado e me aninha em seus braços fortes. Estou deitada nua, exausta física e emocionalmente. Não dei a mínima pelo pedido de desculpas. Não posso. Suas palavras foram a definição do genuíno e não posso ficar chateada com ele por isso. — Eu deveria ir para casa logo.

— Não. Passe a noite comigo.

— Eu nunca fi...

— Não tem importância. Fique comigo.

— Ok. — Sinto-o respirar fundo e tenho certeza de que está contente com a minha resposta. Minhas lágrimas desaparecem e caio no sono, na cama de Damon, completamente incerta de em que merda eu me meti.

Capítulo Seis

Miragem

É tão estridente. Meus ouvidos zumbem e os barulhos de fundo são abafados. Porra, sinto dor por todo lado. Ouço sirenes. Espere. Sirenes? O que aconteceu? Meu Deus. Meu coração bate descontroladamente no peito e minha respiração está irregular. Estou em pânico e não tenho a menor ideia do que está acontecendo. Preciso verificar meu corpo. Olho para baixo e vejo sangue. Por toda parte; em cima de mim. Minhas mãos estão manchadas de vermelho e corro as mãos pelo meu corpo para ver onde estou ferida, mas nada. Eu não estou machucada. Não é o meu sangue. Eu olho em volta, mas está tudo embaçado. Onde estou? Esfrego meus olhos e minha visão clareia o suficiente para ver dois vultos à distância. Maman e papa. São eles! Maman! Papa! Eu grito para *eles, mas acho que não me ouvem porque eles não param. Maman! Papa! Por favor! Não me abandonem novamente! Por favor! Não vão! Eles não param. Continuam se afastando e sou reduzida a nada. Caio de joelhos e imploro.* — Não me deixem. Não me abandonem. Por favor, fiquem. Voltem! — *Meus ombros tombam em derrota, enquanto observo seus vultos desaparecerem ao longe, num tormento de miragem. Eu cambaleio soluçando, com uma dor tão intensa, que me rasga por dentro, deixando um tremor e uma alma ferida em seu rastro.*

— Volte pra mim — diz uma voz ao longe. — Por favor. Por favor. Por favor. — Tenho um sobressalto e acordo em choque quando sinto um emaranhado de braços fortes em volta de mim. — Porra, Jo! Você quase me matou de susto. Shhh... Você teve um pesadelo. Está tudo bem agora. Não é real.

Tremo em seu abraço e me esforço para acalmar a minha respiração e pulsação. Ele não tem ideia do quão verdadeiro foi o meu sonho. Gostaria de poder concordar com ele e dizer que não é real, mas é. Meus pais ainda estão mortos e sou tão sozinha quanto uma pessoa pode ser. Não tenho família ou amigos. Só o velho bundão do Sutton e agora Damon, e nem sei ao certo porque cargas d'água concordei com ele.

Ele me vira para encará-lo e enxuga o suor da minha testa com o polegar. — Quer conversar sobre isso?

— Não.

— Você está bem, Jo. Volte a dormir. — Ele me vira de lado e me puxa para encostar minhas costas em seu peito novamente. Ele me prende debaixo do seu braço protetor e é uma cura mágica. Nesta posição, com ele, me sinto segura. Minhas pálpebras estão pesadas e caio no sono.

Acordo com o toque do meu celular. — Cale a boca. — Eu gemo e cubro a cabeça com o travesseiro. O celular silencia e começa a tocar de novo. Pulo da cama e imediatamente lembro onde estou. O tapete luxuoso debaixo dos meus pés descalços é a minha primeira lembrança. Merda, estou nua. Pego meu celular irritante primeiro. — Alô? — atendo bruscamente.

— Jo, eu preciso de você hoje cedo. Tenho algumas coisas que preciso que você comece a fazer imediatamente — Sutton grita.

— O que você poderia precisar que fosse feito imediatamente?

— Nós falimos. Acabou.

— Não! Você não pode desistir ainda. Podemos resolver isso!

— Eu não posso pagar. Temos que fazer contagem do estoque e começar a vender tudo. A loja acabou. Vejo você em breve. — Sutton desliga na minha cara antes que eu possa formar uma réplica.

Volto rastejando para a cama vazia e apoio a cabeça nas mãos. Onde está Damon? Não, pare; não posso pensar em Damon agora, eu tenho problemas maiores. Puta que pariu. Isso está realmente acontecendo. É o fim; a loja realmente vai fechar. O que vou fazer? Ninguém está contratando agora. Com muita sorte, conseguiria um emprego virando hambúrgueres ou limpando banheiros. Há uma outra livraria perto da minha casa, mas é uma cadeia gigante de lojas e eles jamais me contratariam. Eu não bajulo, sirvo café ou ajo como uma líder de torcida animada. E, obviamente, não acredito na besteira de *"o cliente tem sempre razão"*. É tudo um monte de merda e me recuso a lidar com isso. Se algum idiota quiser discutir comigo sobre algo que sei que ele está errado, eu não me calo. Se o filhinho de uma mulher fizer palhaçada na loja, derrubar algo e causar danos, adivinhem? A *"super mamãe"* é quem vai pagar por isso. Entendo que é bom para os negócios puxar o saco quando necessário, mas eu simplesmente não consigo. Essa não sou eu. Ninguém vai contratar alguém como eu. Sou muito bruta nas atitudes. Não tenho um diploma universitário; tenho somente um supletivo básico, ruim. Estou realmente ferrada.

— O que há de errado?

Me disperso de meus pensamentos ao ouvir a voz de Damon e concentro minha atenção nele, em pé, nu da cintura pra cima, na porta do quarto, me olhando. Pego o lençol e rapidamente o envolvo em mim. — Tenho que ir. Meu chefe ligou, ele precisa de mim agora cedo. Acho que vamos liquidar o estoque. A loja está fechando. — Procuro minhas roupas pelo quarto e as vejo no chão.

Damon permanece na porta, vestindo somente uma calça preta de pijama, que atrai meu olhar para todos os lugares certos; desde o peito nu, a trilha de pelos do abdômen, até o seu lindo e despenteado cabelo escuro; todos implorando pelo meu toque. Ele parece perfeito e a memória de seu pau incrível, enterrado dentro de mim, envia um arrepio na espinha. Ele caminha na minha direção e sobe na cama, me puxando para baixo e envolve seus braços em volta de mim, me puxando para seu peito. Acho que ele gosta de mim nesta posição. Expiro exasperada. Eu, realmente, não tenho tempo para essa besteira de ficar aconchegada. Sutton precisa da minha ajuda para acabar com a única coisa boa na minha vida. Formidável. Grande merda. Odeio isso. Não suporto a ideia da loja ser vendida e transformada em alguma loja de iogurte, doceria ou salão de bronzeamento.

— Conte-me sobre isso.

— Eu não posso. Tenho que chegar logo lá.

— Conte-me.

— Droga, tudo bem. Temos nos esforçado há algum tempo, então eu sabia que era questão de tempo. Estava me agarrando a um pouco de esperança de que as coisas dessem uma reviravolta, sabe? Eu tenho algumas grandes ideias que podem ajudar a nossa margem de lucro, ou a falta dela. Bem, de qualquer maneira, Sutton tem que vender o estoque e fechar as portas. Ele não pode se dar ao luxo de permanecer com a empresa por mais tempo. — Meus olhos se enchem de lágrimas e sinto um nó na garganta. O que há de errado comigo? Nunca chorei tanto. Dou uma olhada para Damon, e ele parece estar digerindo o que eu disse.

— Então você está desempregada agora?

— Puxa, obrigada, idiota, por tentar suavizar o meu golpe.

Ele dá uma risada e balança a cabeça. — Ok, você está certa, isso foi rude. Esse é o meu lado profissional. Não se preocupe com isso, Josephine. Vai dar tudo certo.

— Humpf! — Jura que ele acabou de me falar uma merda dessas? Isso é exatamente o que todos aqueles malditos voluntários costumavam dizer: "Não se preocupe. As coisas vão dar certo". Eu não preciso ou quero ser convencida com esses pensamentos positivos de merda. Isso não faz eu me sentir melhor e, com toda a certeza do mundo, não muda a minha realidade. Isso só me irrita. As coisas nunca se resolvem por conta própria! Se as coisas acontecerem para mim, será porque *eu* corri atrás para mudar algo na minha vida. Essa é a minha linha de raciocínio. Não existe gênio da lâmpada, moeda da sorte e poço mágico dos desejos. Toda essa merda é um conto de fadas que não me compra. O fechamento da loja é um problema, mas vou ter que encontrar um meio de conseguir sobreviver. Já fiz isso antes e farei novamente. Eu vou ficar bem. Me solto dos braços dele e me visto, menos a calcinha destruída. — Eu realmente tenho que chegar cedo à loja.

Damon parece aborrecido com o fato de que vou embora. Mas essa é a última coisa que preciso agora. — Prometa que vai me ligar assim que você sair de lá.

Bem, ele é um bundão autoritário, dentro e fora da cama, mas, tenho que admitir, isso é um tesão. Há algo sexy sobre seu estilo autoritário, talvez porque seja novo para mim. É isso aí. Gosto dele porque esta é a minha primeira experiência com um homem como ele. Eu não me sinto mais tão desconfortável com os meus sentimentos estranhos em relação a ele. Agora, é novo e excitante, só isso. Vou superar em um ou dois dias e sua atitude autoritária vai ser irritante e de curta duração. Isso eu aceito. Eu vou jogar junto com ele, por enquanto. — Gostaria de ligar, mas acho que não tenho o seu número.

Um sorriso dissimulado se abre em seus lábios macios e anuncia a sua travessura. Pego meu celular e percorro a minha pequena lista de contatos e lá está. Ele é o único "D" na minha agenda. Ele me deu seu número de celular, número do escritório e e-mail. Nossa! Eu balanço a cabeça para cima e para baixo, observando a nova informação no meu celular. — Ok, acho que agora tenho o seu número. — Olho para ele e dou um meio sorriso. — Te ligo quando estiver livre.

— Howard está com as suas chaves na mesa da segurança.

Estou vestida e preparada para enfrentar a minha caminhada da vergonha quando sinto seu braço me agarrar por trás, pela cintura, e me puxar para ele. Então me vira para ficar de frente para ele.

— Me liga — ele murmura.

Seus lábios se chocam nos meus e meus joelhos fraquejam instantaneamente por ele. Minha nossa, esses lábios são deliciosos. Definitivamente, eu quero mais de Damon. Não me sinto tão cética sobre concordar em vê-lo mais; realmente estou adorando o que ele faz comigo. Não posso ir embora depois de apenas uma noite. Ainda não.

Capítulo Sete

Capitão

Sorrio quando a familiar campainha do velho sino prateado sinaliza minha entrada na livraria. Dou três passos e não vejo nada, exceto caixas de embalagem e papel de seda. A visão de "leve tudo" que indica que essa casa está fechando as portas me deixa irritada com tudo. — Filho da puta! — Giro em meus calcanhares, pego três livros grossos de capa dura da prateleira mais próxima, e os empilho no chão, em frente à porta. Subo neles e arranco o sino ainda tocando, com toda a força que consigo. A tira fina de couro que o segura arrebenta, e eu o agarro, tirando o pó do sino antes de empurrá-lo em minha bolsa. Estou irritada. Sutton pode ter o poder de fechar a loja, mas, droga, a porra desse sino eu vou guardar!

— Eu te liguei há uma hora e meia. O mais cedo possível significa o mais rápido possível, logo que possível. Onde você esteve?

— Obrigada por me esclarecer isso, Capitão Óbvio. Eu estava transando com um cara que pode ser que eu já conheça, ou não — respondo honestamente, no tom mais calmo e indiferente que consigo. Caralho, que idiota intrometido. Sutton realmente sabe como tirar todos do sério.

Ele zomba e dirige sua estrutura magra entre duas pilhas altas de caixas. — Eu tenho um comprador para, aproximadamente, dois terços do nosso inventário, por isso precisamos encaixotar, etiquetar e preparar para entrega, até o final do dia.

— Ótimo — disparo, fingindo emoção.

Ele está, sem dúvida, indo para o seu escritório, onde, provavelmente, vai dormir a maior parte do dia, enquanto eu me mato de trabalhar para embalar essa pilha enorme de livros. O bastardo poderia, pelo menos, fazer as etiquetas enquanto faço o levantamento e embalo. Mas esse é o Sutton: mal-humorado, preguiçoso, idiota. Nós nos toleramos, mas na maioria dos dias, ele me faz sentir como um incômodo irritante e eu faço o meu melhor para ele se sentir velho. Somos, na verdade, farinha do mesmo saco e trabalhamos bem juntos. Acho que sou tão irritante e mal-humorada quanto ele. Deve ser por isso que não contratou mais ninguém, não que alguém conseguisse trabalhar com ele, mas, se fosse para me ajudar, desistiriam no primeiro dia. Uma vez que ninguém aguenta nós dois juntos, o pobre coitado iria fugir para o terapeuta mais próximo. Posso ser tão grossa quanto Sutton, acho, e nem sequer percebo quando faço isso. Sutton vem a mim de vez em quando e me mostra que fui uma cadela furiosa com um cliente. Juro por Deus, eu não quis ser rude. É, acho que sou naturalmente mal humorada, suponho, e às vezes me sinto mal por isso. Tento falar mais baixo, mas sou apenas uma dessas pessoas infelizes. Se você está procurando pirulitos e arco-íris quando quiser comprar o mais recente bestseller, é melhor não vir a mim; eu não vou bater papo ou dizer que seu filho é bonito; não vou sorrir e flertar; não vou afagar o seu ego e elogiar a sua joia ou a blusa que você está usando. Vou, no entanto, ajudá-lo a encontrar o que precisa. Vou recomendar livros e mais do que tudo, vou falar mesmo sobre o que eu gostei num livro, mas todas as outras merdas... bem, isso não combina comigo.

Lembro de quando entrei na loja para pedir um emprego. A careca brilhante de Sutton era pouco visível de detrás do balcão e o esperei levantar. Quando ele apareceu, quase teve um ataque cardíaco. Acho que ele, provavelmente, pensou que eu fosse roubá-lo ou algo assim. Eu parecia uma típica moradora de rua, mesmo tendo feito o meu melhor para me limpar antes de chegar na loja. O jeans que eu usava era muito grande e absurdamente sujo. Era tão largo que caía, então eu usava um elástico como cinto. Era embaraçoso, mas perder a calça teria sido pior. Lembro-me de usar uma camisa branca que achei num banco, perto de uma quadra de basquete. Cheirava a homem suado, então a lavei na água da fonte, no parque. Meu cabelo raramente era lavado, então, vivia amarrado para trás. Eu era uma vagabunda de alto padrão, "limpa", e à procura de um emprego.

— *Nossa! Calma, chefe. Eu não mordo.*

As sobrancelhas de Sutton se ergueram a uma velocidade absurda. Acho que o surpreendi com a minha boca. Acontecia bastante.

— *E quem é você?*

— *Miss eua, e você?*

— *Capitão América. Posso ajudá-la?*

Não consegui me conter... e ri baixinho. — *Nome apropriado. Quero um emprego* — *declarei, muito objetiva.*

Ele cruzou os braços e me encarou como se tivesse brotado uma segunda cabeça em mim, bem na frente de seus olhos. — *E por que diabos eu contrataria uma vagabunda?*

— *Vou lhe dizer o porquê. Eu amo livros. Provavelmente*

mais do que você. Possivelmente já li todos os livros desta loja. Posso te dizer os nomes dos autores, juntamente com suas obras, de cor e salteado. Eu vivo dentro de livros na maioria dos dias e sonho com eles, na maioria das noites. Sou honesta. Eu sei como trabalhar duro e não vou abandonar você. Claramente, não estou em posição de jogar fora um emprego estável. Não me contratar seria uma perda da sua parte, Capitão.

— Autor favorito?

— J.D. Salinger.

— O Apanhador no Campo de Centeio, uh?

— É isso aí.

— Bem. Você está contratada, mas tem que estar mais limpa. Vou esperar você parecer apresentável. Eu não quero sentir seu cheiro nem os clientes. Quando minha neta foi para a faculdade, deixou algumas de suas roupas velhas. Estão no meu sótão. Posso lhe trazer algumas calças e camisas decentes. Mas é só desta vez. Depois de conseguir seu primeiro salário, vou esperar que você compre suas próprias roupas, menina.

— Jo. Meu nome é Jo. Chame-me assim ou nada.

— Bem. Eu sou o Sr. Sutton. Vejo você amanhã de manhã, Jo. Não se atrase ou a demito.

— Estarei aqui, Capitão.

Pulo para fora das minhas lembranças quando meu celular vibra na minha bunda. Levanto e o tiro do bolso. É um SMS do Sr. alto, moreno e elegante.

Posso roubar você para almoçar?

Eu suspiro. Sinceramente, adoraria ver Damon agora. Poderia recorrer a uma distração para esse desastre aqui, mas eu não posso ir. Tenho muita coisa a fazer por aqui. Estou planejando fazer Sutton pedir quentinha para nós. Ele vai pedir; sempre pede. Eu envio um sms de volta.

Parece tentador, mas não posso. Sobrecarregada aqui.

Odeio ter que passar meu almoço com Sutton, em vez de Damon. Estou oscilando à beira de um colapso nuclear total, hoje. Estou lidando com os efeitos pós aniversário de dezesseis anos do acidente, tive um pesadelo terrível e revivi todos aqueles sentimentos de abandono, e concordei em... o que quer que seja, com Damon. Me sinto completamente diferente de mim e é fodido demais pra minha cabeça. Adoraria uma taça de vinho ou duas. Caminho a passos largos para o escritório de Sutton e entro direto. O velho rabugento está nocauteado em sua cadeira velha.

— Sutton!

O velho cambaleia quando levanta, parecendo que vai ter um enfarte e acabo até me sentindo um pouco culpada por tê-lo assustado.

— Pai do céu, Jo! Você me assustou pra cacete.

— Você usa fralda geriátrica, então, relaxa. Vai encomendar um almoço para sua escrava ou vou morrer de fome enquanto você frustra as minhas esperanças e sonhos?

— Cacete, Jo, isso é golpe baixo. Você sabe o quanto isso é difícil para mim também. Que merda você quer comer?

— Podemos pedir comida chinesa daquele lugar que você gosta.

— Me dá azia.

— Tudo te dá azia — digo por cima do ombro, enquanto saio do escritório para pegar o menu debaixo do balcão da frente. — Puta merda! — Eu quase morro de susto com a visão de Damon na frente do balcão, segurando uma grande sacola de papel marrom. — Você me assustou!

— Desculpe. Essa não foi a minha intenção. Você disse que estava sobrecarregada, então pensei que você gostaria almoçar. — Ele sorri, muito orgulhoso de seu gesto encantador, sem dúvida.

Eu sorrio e pego a sacola da mão dele. — O que você trouxe? Essa coisa está pesada!

Ele dá de ombros e parece envergonhado, de novo, o que faz eu sentir algo estranho dentro de mim. Fico toda sentimental quando ele me olha com aqueles olhos cor de âmbar, todo tímido.

— Como eu não sei do que você gosta ainda, comprei um de cada.

Há sanduíches suficientes no saco para alimentar uma dúzia de pessoas. Não acredito que ele pediu essa comida toda. Eu teria comido qualquer coisa que ele trouxesse. Esse único gesto me deixou mais sentimental e eufórica. É bizarro.

— Ah, e eu também não sabia o que iria querer, então trouxe uma variedade.

— Obrigada. — Meu sorriso aumenta e, juro, parece a primeira vez que eu sorrio... em um longo tempo.

— Você é de tirar o fôlego, sabia? — Sua voz é baixa

e cheia de luxúria. Faz minhas entranhas se agitarem e implorarem pelo seu toque.

Coloco as duas sacolas sobre o balcão e dou um passo à frente, me levantando na ponta dos pés para beijá-lo. Eu o abraço no pescoço e os seus braços esculpidos me envolvem. Ele me puxa mais para ele, tirando meus pés do chão. Então cubro sua boca com a minha e faço o meu melhor para lhe mostrar o meu agradecimento. Não apenas pelo o almoço, mas pela distração também. Sinto que meu mundo está desmoronando sob meus pés, mas entra Damon e, de repente, tenho algo a que me agarrar. É assustador e reconfortante ao mesmo tempo. Sua língua desliza suavemente sobre meus lábios e se movimenta ritmicamente contra a minha. Eu gemo em sua boca e seus braços me apertam ainda mais. Posso sentir sua ereção pressionada contra mim e, caramba, eu queria estar na casa dele agora. Posso sentir um leve calor e excitação na minha pele. Afasto-me de seus lábios incríveis e pressiono meu rosto no dele, enquanto recupero o fôlego.

— Já se lembrou de alguma coisa?

— Não — respondo com sinceridade. Ainda não faço a menor ideia do porquê dessa sensação de que o conheço e realmente não tive muito tempo hoje, para explorar minhas memórias. — Você?

— Não. Nada.

— Vamos comer. — Ele coloca outro beijo em meus lábios antes de me colocar de pé. Eu suspiro e agarro a mão dele, para levá-lo para a parte de trás da loja, onde costumo almoçar com Sutton. Inclino minha cabeça para dentro do escritório de Sutton; o velho bastardo está dormindo novamente. Lamentável. Talvez seja uma coisa boa a loja estar fechando, ele realmente deveria ter se aposentado há muito tempo. Eu não quero lhe dar outro ataque cardíaco, mas eu sei que ele está com fome.

— Psiu! — Seus olhos se abrem e ele me olha sonolento.

Eu sorrio e levanto a sacola. — Olhe, olhe, Capitão. Venha comer, meu velho.

Ele se espreguiça e resmunga baixinho enquanto se senta e, em seguida, levanta, empurrando sua cadeira bamba. Um dia, essa cadeira vai dar-lhe um tombo e ele vai quebrar a porra do quadril. Eu já avisei, mas ele me ignora. Sentamo-nos à pequena mesa na parte de trás da loja e eu arrasto mais uma cadeira extra para Damon, então pego o monte de sanduíches e faço as apresentações.

— Damon, este é o meu patrão, Stanley Sutton. Sutton, este é meu amigo, Damon Cole. — Eles apertam as mãos e Sutton olha Damon especulativamente.

— Amigo, hein? — resmunga Sutton.

Dou-lhe o meu olhar atravessado, mas ele o ignora. Receio que ele tenha se acostumado aos meus olhares de reprovação durante esses anos. — Exatamente. Amigos. Está bem para você?

Damon não diz nada, entretido com minha briga verbal com Sutton.

— Por mim tudo bem, desde que não interfira no seu trabalho. — Ele olha por cima da pequena mesa para Damon; eu posso afirmar que eles estão se avaliando, trocando alguma conversa silenciosa de homens ou algo assim. Não entendo nada disso, mas não importa. Nunca apresentei Sutton para ninguém com quem transei por razões óbvias. Tenho a sensação de que Sutton pode ser um pouco territorial. Talvez ele esteja sendo protetor. Será?

— Ok, rapazes, relaxem. Vamos comer. Sutton, você quer o de presunto e queijo suíço, né?

Nem preciso perguntar. São sete anos encomendando a comida dele. Eu o conheço melhor do que ele mesmo, em certos dias.

— Quero — ele resmunga, enquanto abre uma soda.

Olho para Damon, que me observa atentamente. Eu verifico os sanduíches e escolho um de peru no pão integral. Damon também escolhe um e todos nós devoramos nossas comidas. Enquanto eu limpo a nossa bagunça, e guardo as sobras, ouço Sutton pigarrear.

— Damon, posso falar com você?

Faço uma pausa e atiro um olhar mortal na direção de Sutton. Ele nem mesmo dá bola para a minha irritação.

— É claro. — Damon pisca para mim, antes de seguir Sutton para o seu escritório.

Ouço a porta fechar e pondero se devo ou não escutar. Que se dane. Não dou a mínima. Deixe-os conversarem. Eu termino a limpeza do almoço e me ocupo das etiquetas, enquanto espero o Sr. alto, moreno e elegante reaparecer. Meia hora depois, ouço a porta do escritório abrir e Damon caminha em minha direção. A curiosidade fala mais alto. Quero saber sobre o que eles estavam conversando.

— Eu tenho que voltar para o escritório. Tenho

alguns assuntos urgentes que precisam da minha atenção. Me acompanha até lá fora?

Procuro por algum indício de que porra aconteceu no escritório de Sutton, mas Damon não dá nenhum. Ele está tão calmo e tranquilo quanto poderia. Isso me deixa perplexa, no mínimo. — Claro.

Ele estende a mão para mim e eu a seguro. Ele nos conduz para fora, pela porta da frente, e andamos lentamente até seu carro. Desta vez ele está dirigindo uma BMW, que combina com a sua aparência. Ele parece um empresário perfeito com esse carro e em seu incrível terno cinza, camisa azul escura e gravata prateada.

— Você deve saber que ele te ama.

Viro minha cabeça em choque. — O quê?

— Sutton. Ele te ama. Confie em mim.

Eu zombo e balanço a cabeça. — Ele não me ama; isso é papo furado. Ele mal consegue ficar comigo e confiar em mim, o sentimento é mútuo.

Ele ri, em diversão, liberando minha mão e colocando meu rosto entre suas mãos grandes. Meu coração dispara e meu estômago dá cambalhotas. Ele é bonito e charmoso pra cacete. Não tem falhas; ele parece ser perfeito, além da sua infância perturbada. Ele é bom demais para ser verdade; não há outra explicação.

— Você tem uma boca suja — ele sussurra.

— Tenho, mas acho que você gosta da minha boca suja.

— Eu gosto de muito mais do que só a sua boca. — Ele corre o polegar pelo contorno dos meus lábios e eu o mordo. Ele aspira entre os dentes e fogo infla naqueles olhos cor de âmbar. — Me mande um SMS com seu endereço. Vou te buscar logo que você chegar em casa do trabalho. Sua bunda é minha hoje à noite. Durante toda a noite.

Seus lábios silenciam o protesto que eu estava contemplando fazer. Nossa! Para o inferno com ele. Eu o beijo de volta, dando tanto quanto recebo. Concordei com mais sexo e sou uma mulher de palavra. Além do mais, não nego que estou faminta por mais dele. Ele interrompe o beijo cedo demais para o meu gosto e gemo em protesto. Ele sorri e pressiona minha bochecha em seu queixo com barba por fazer, me envolvendo em um abraço apertado.

— Ok — respondo baixinho.

Ele planta um beijo na minha bochecha, desliza para dentro de seu carro extravagante e vai embora, me deixando contando os segundos até que eu sinta sua pele contra a minha outra vez.

Capítulo Oito

Planos para o jantar

Viro-me para voltar à loja. Enquanto ando, vejo Sutton se ocupando com as minhas etiquetas abandonadas. Coloco as mãos nos quadris e atiro de imediato. — Que diabos foi tudo aquilo?

Sutton me olha de relance, tão indiferente quanto pode. — O quê?

Filho da puta! Ele hoje está, realmente, brincando com a sorte. — Não se faça de idiota comigo, Capitão! Por que você o arrastou para o seu escritório e o que tanto os dois conversaram? E a propósito, você também simulou um grande espetáculo no almoço. Legal. Muito legal. — Por que diabos a falta de cortesia dele com Damon me irritou tanto? Eu não deveria dar a mínima, mas me incomodou. Isso não pode ser boa coisa.

— Eu tinha que falar com ele. Que eu saiba, aqui é a América e sou livre para falar com quem quer que seja, então não fique nervosinha à toa, madame.

Meu sangue ferve e vejo vermelho. Como ele ousa tirar sarro de mim? Eu não sou arrogante porra nenhuma; nunca fui e nunca serei. — Não se atreva a falar assim comigo, Capitão! Não sou nada arrogante ou estou nervosinha à toa! — Eu rosno para ele e o sinto parecer um pouco triste. Que merda é essa? Remorso? Não imaginei que ele fosse capaz de tal emoção.

— Eu peço desculpas, está bem. Só estava brincando de insultos. Eu só queria verificá-lo. Há muitos idiotas por aí hoje em dia; não é seguro para jovens mulheres saírem por aí pegando qualquer cara. — Ele dá de ombros e meu queixo bate no chão. Ele se importa?

— Sendo minha babá, é?

— Bem, alguém tem que fazer isso! Você é tão descuidada quando o assunto é homem. Agora... pare... de desperdiçar tempo e volte a trabalhar. Eu, uh... estarei no escritório. — Ele enfia as mãos nos bolsos e agita nervosamente suas moedas.

Assisto, intrigada, enquanto ele se arrasta de volta para a sua caverna. Puta merda! Ele está cuidando de mim. Balanço a cabeça em descrença e volto ao trabalho, na esperança de que o resto do meu dia acabe logo. Às dezessete horas, já terminei todo o inventário. Agora, o Capitão me manda fazer um enorme cartaz de "*Liquidação de fechamento de loja*", para pendurar na vitrine. Só mesmo esse velho idiota para me obrigar a fazer o trabalho sujo. Partiu meu coração escrever essas palavras. Desligo o letreiro da vitrine e recolho minhas coisas, aparecendo no escritório de Sutton para dizer adeus ao velho peidão.

— Ei, estou... o que há de errado? — Congelo no lugar quando o vejo pálido.

Ele olha para mim e balança a cabeça. — Nada. Foi esse maldito sanduíche do almoço. Tive uma indigestão dos infernos. Me arruma alguns antiácidos, vai?

Respiro fundo, de alívio. Acho que eu meio que me

preocupo um pouco com o Capitão também. Deve ser uma coisa de amor e ódio. Passei os últimos sete anos da minha vida aturando o papo furado do velho rabugento, seria normal ser um pouco ligada a ele, né? Eu não... o amo, nem nada disso. Ele é meu chefe e sou leal, isso é tudo. Minha conversa silenciosa deixa minha cabeça girando... e até tenho que admitir que estou tentando me convencer de que não me importo. Eu resmungo em desgosto comigo mesma e pego seus antiácidos atrás do balcão. Volto para o seu escritório e solto dois comprimidos na palma de sua mão enrugada. — Aí está você, *oh, Capitão, meu Capitão*. Algo mais? Devo te alimentar agora? Ou banho de esponja?

Ele semicerra seus olhos azuis em mim e resmunga algumas obscenidades enquanto mastiga os comprimidos.

— Melhor?

— Sim. Saia daqui, engraçadinha.

Sorrio e saio de seu escritório. Pego minha bolsa e corro para casa, em tempo recorde.

Quando entro no meu apartamento, envio um SMS com meu endereço para Damon. Ele responde imediatamente com um simples *"ok"*. Retiro meu jeans e camisa e corro para o chuveiro, onde me depilo e esfolio cada centímetro do meu corpo. Não sei por que diabos estou tão decidida a ficar mais arrumada para ele, mas quero ficar. Eu meio que quero impressioná-lo um pouco. Tudo bem, muito. Estou até os fios do cabelo nessa porcaria. Isto não se parece comigo, o que é irritante! Mando para longe a minha irritação e saio do chuveiro, me seco e passo uma loção hidratante. Volto ao meu quarto e vasculho meu armário, em busca de algo rendado e sexy, até que finalmente encontro uma tanga preta minúscula e visto meu sutiã combinando, que cai como uma luva em meus seios fartos. As noites de verão em Vegas te fazem escolher roupas simples: menos é mais. Eu rapidamente opto por um short jeans e uma regata azul petróleo; fecho as fivelas da minha sandália gladiadora e verifico meu visual no espelho.

Aprovado. Corro até meu minúsculo banheiro e seco meu cabelo castanho ondulado. Eu nunca faço penteados. Ou é solto ou em um rabo de cavalo. Sinceramente, nem sei mesmo como fazer toda essa merda sofisticada que qualquer outra mulher da minha idade faz. Pego meus cosméticos e delineio minhas pálpebras como de costume, passo rímel nos meus cílios e ignoro o blush, já que tenho certeza de que não vou precisar dele. Estalo meus lábios depois de aplicar o gloss e ondulo um pouco mais meu cabelo, em seguida, borrifo um pouco de perfume na minha gola e punho. Ouço uma batida na porta da frente e meu estômago aperta. Oh, meu Deus. Ele está aqui. Dou mais uma olhada no espelho e, em seguida, faço uma curta caminhada até a porta da frente. Abro e lá está ele. Droga, acho que jamais vou me cansar da visão dele. Ele continua vestido com seu terno cinza e sapato social de alto brilho. Seu cabelo está um pouco menos desgrenhado e está barbeado. Acho que está vestido a rigor, também. Gesticulo para ele entrar no meu barraco de merda e sinto o cheiro de seu perfume quando ele passa por mim. Minha calcinha pega fogo. Sou como um cão raivoso no cio. Preciso me acalmar. Olho para baixo e vejo que ele está segurando um saco preto porta-roupa nas mãos.

— O que é isso? — pergunto arqueando a sobrancelha.

Ele sorri e abre o zíper do saco. Um incrível vestido de coquetel aparece. Posso não estar por dentro da moda, mas até eu sei o que é um vestido de coquetel quando vejo um. Este é de um ombro só, feito de cetim que parece ser um vestido *bandage*. É deslumbrante.

— Vou te levar para jantar e, embora eu goste muito, muito mesmo, desse short curto e da regata, você não pode usar isso onde vamos. — Ele tira do fundo do saco porta-roupa um par de salto agulha altíssimo e entro em pânico imediatamente. Não tenho nenhum par de sapatos de salto alto e duvido que eu consiga andar nesses.

Balanço minha cabeça vigorosamente. — O vestido é lindo, mas não há a menor chance de eu usar esses saltos.

Ele semicerra os olhos, o que só aumenta o meu desejo por ele. — Sim, você vai.

Cruzo os braços, indignada. — Nem fodendo!

— E por que você não quer usar os saltos?

Minha indignação esmaece e meus ombros caem um pouco. Pendo minha cabeça, me sentindo estúpida. Que vergonha é essa? Tenho vinte e cinco anos e nunca usei um salto tão alto. Não posso simplesmente colocar isso e sair para jantar com ele. Vou quebrar meu pescoço... ou, no mínimo, constranger feio a nós dois, quando eu sair cambaleando por todo lugar. — Não sei andar neles — murmuro, sentindo meu rosto ruborizar. Olho sem graça para ele.

Ele enfia os saltos dentro do saco e coloca tudo nas costas do meu sofá. Dá um passo à frente e me envolve em seus braços; sua mandíbula roça suavemente contra a minha bochecha enquanto ele sussurra no meu ouvido. — Não se preocupe com eles. Você pode usar qualquer salto hoje à noite, mas eu prometo que você vai aprender a andar nessas coisas extravagantes. Entendeu?

Suas palavras me deixam trêmula. Ele fala muito sério, e embora soe muito mandão e homem das cavernas, encontro-me balançando a cabeça em concordância. Há algo em sua personalidade dominante que deixa o meu interior em brasas, em excitação pura e simples. Posso sentir o calor entre minhas coxas. Fico uma bagunça completa perto dele e, juro por Deus, não sinto a menor vontade de mandá-lo embora, ainda.

— Você está molhada para mim, não é?

— Mhmm — sussurro sedutoramente.

— Eu sei. Posso sentir o seu cheiro.

Puta merda, isso me dá mais tesão.

Ele agarra a minha nuca com uma das mãos e fecho os olhos enquanto a outra passeia pelo meu corpo, abrindo rapidamente o botão do meu short. Em seguida, puxa o zíper para baixo e, lentamente, desce meu short até meus quadris. É espaço suficiente para permitir-lhe o acesso. Sua mão desliza para dentro e eu gemo. Ele segura minha nuca, mantendo a cabeça apoiada em seu peito duro. A mão começa a se mover para trás e para frente, sobre meu centro.

— Abra os olhos.

Rapidamente, os abro. Nos encaramos, enquanto ele mantém seus movimentos. O calor puro e a luxúria em seus olhos me tornam voraz por ele.

— Vamos pular o jantar — digo em tom suplicante, que soa estranho até para os meus ouvidos.

— Eu sei o que planejo comer, e você, o que quer? — Sua voz é rouca e cheia de desejo.

— Você.

— Bem, sugiro que faça uma bolsa, caso precise de algo.

Olho boquiaberta para ele. O que diabos ele quer dizer? — Bolsa?

— Eu disse a você, Jo. Você é minha. A noite toda. Vamos lá.

— Uau! Ok. — Engulo em seco e corro para o meu quarto. Pego uma mochila debaixo da cama e jogo um monte de merda aleatória; estou tão aturdida por ele que não consigo nem pensar direito. Respiro fundo e despejo a mochila na minha cama. Vamos tentar de novo. Deixo de lado o frasco de aspirina e a lanterna de cabeceira. Que porra é essa? Por que estou correndo? Suspiro e balanço a cabeça. Ele está sendo tão mandão que nem pode esperar um maldito minuto enquanto pego minhas coisas. Caminho calmamente até meu armário e pego uma calcinha extra e outro sutiã. Tiro do cabide outro jeans e top. Busco meu anticoncepcional na mesinha de cabeceira e a nécessaire e enfio tudo na mochila. Após fechar o zíper, a jogo no ombro e caminho de volta para a pequena sala de estar. Damon está esperando, o epítome do macho delicioso, com as mãos nos bolsos enquanto casualmente examina meu apartamento.

— Estou pronta.

— Está? — Ele pisca maliciosamente, e apanha o saco porta-roupa; em seguida, desliza a mochila do meu ombro, transfere para o seu e pega a minha mão.

— Estou.

Capítulo Nove

Zé ninguém

No momento em que chegamos ao apartamento de Damon, nós dois estamos ansiosos para chegar ao quarto. Ele aperta o botão no elevador e as portas deslizam abertas. Ele me puxa para dentro, soca um código, e começamos nossa subida para a cobertura. No momento em que as portas se fecham, ele tira meus pés do chão e minhas costas são prensadas contra a parede do elevador. Seus lábios carnudos cobrem os meus e sua língua saqueia minha boca, avidamente. Eu gemo dentro de sua boca e ele empurra seus quadris contra os meus. Seu pênis está lutando para ser libertado de suas calças. O elevador dá um balanço brusco e para; as portas se abrem. Meus pés são colocados de volta ao chão, em seguida, sou puxada pela mão, para segui-lo. Ele não falou absolutamente nada desde que saímos da minha casa e estou um pouco nervosa quanto a isso. Normalmente, sem discussão seria uma coisa bem-vinda para mim, mas algo sobre o silêncio de Damon está me deixando nervosa. Ele abre a porta extravagante e me puxa para dentro. Sem hesitação, sou imediatamente arrastada para as escadas. Solto minha mão da dele e me afasto.

— Ei, você está bem?

Ele suspira e esfrega a ponta do nariz entre o polegar e o dedo indicador. — Sim. É só que... eu quero você. Preciso de você. — Ele exala alto e expira.

Nossa! O que ele quer dizer com precisa de mim? Se ele está insinuando algum tipo de coisa a longo prazo, não posso dar isso a ele. Por mais que eu sonhe em ser normal, namorar, me apaixonar e talvez até mesmo, mais à frente, ter uma ou duas crianças, isso não faz parte dos meus planos. Não sou o tipo de mulher que um homem namoraria e não tenho condições físicas e emocionais para mais perdas. Obrigada, mas me recuso.

Levanto meu olhar até o seu, que mais parecem mel líquido com tamanha intensidade, e algo me atinge, lá no fundo. Seus olhos estão cheios de necessidade e desespero. Por que eu? Sou uma Zé ninguém. Honestamente, ele não deveria sequer estar interessado em mim, de qualquer forma diferente, além de sexo casual, por uma ou duas vezes. Ele é muita areia para o meu caminhãozinho. Eu queria muito poder ser normal. Se alguma vez houve um homem que valesse a pena tentar, esse seria ele, não há nenhuma dúvida sobre isso na minha cabeça. Me recuso a estragar o clima, apesar disso. Sou uma grande covarde. É errado da minha parte, mas decidi contar a ele o que ele quer ouvir. É um meio para o fim, e caramba, eu quero o meu fim.

Amo o jeito que as veias de seus membros largos e musculosos se destacam. Minha nossa! Ele envolve seus maravilhosos braços fortes em volta de mim e toca o nariz no meu pescoço, colocando um rastro de beijos quentes até a minha orelha.

— Enrole suas pernas em volta de mim.

Faço o que me é mandado e ele sobe as escadas de dois em dois degraus, me agarrando a ele. Aparentemente, este é o seu *modus operandi*; não que eu me importe. Um cara gostoso pode me levar lá em cima para uma boa transa a qualquer momento. Aproveito a oportunidade para perguntar sobre o nosso estranho dilema. — Lembrou de algo? Qualquer coisa, de repente?

Ele faz uma longa pausa e, por um momento, acho que não tenha me escutado. — Só uma coisa aparece de repente quando penso em você, e você está prestes a descobrir o que é — ele murmura em meu pescoço. Dou um suspiro interno de alívio, sabendo que a nossa busca por respostas continua. Ele nos conduz pelo corredor para o quarto, e chuta a porta para abrir de novo; é incrível que ele ainda não tenha quebrado a maldita coisa. Ele me leva para a cama e me deita nela.

— Espere. — Ergo a mão, deixando-a descansar em seu peito vibrando. Ele congela. Eu o encaro e seu rosto fica branco, seu pulso se acelera ainda mais, e sua pele está pálida. Que porra é essa? Insisto, apesar de seu comportamento estranho. — Você não acha essa coisa absurdamente estranha? Tudo isso o que sentimos? Não é normal. Se me sinto ligada a alguém, eu não deveria me lembrar de já tê-lo visto ou de conhecê-lo? Parece esquisito, isso é tudo que estou dizendo. Tem certeza de que nunca foi voluntário ou deixou uma doação no centro de caridade?

Ele inala profundamente. — Não. Nunca estive lá.

Balanço a cabeça e minhas sobrancelhas se unem. Isso está me deixando louca. Talvez me sinta como se, de alguma forma, eu lembrar de onde o conheço, a atração entre nós será válida. — Talvez nós fomos amantes numa vida passada ou algo assim — digo brincando, e dou de ombros; ele dá apenas um meio sorriso em resposta. Qual é o problema dele? — Você tem certeza de que está bem? — Estreito meus olhos nele, com ceticismo. Ele está agindo de um jeito tão estranho que está difícil de acreditar que é porque ele está ansioso para me ter.

— Eu ficaria melhor se pudéssemos parar de falar e tirar essas roupas. — Ele pontua sua declaração com uma leve palmada na minha coxa. Grito e ele me silencia com sua boca habilidosa. Então se afasta, deixando-me descontente com a perda de seus lábios contra os meus. Ele dá um tapinha no meu antebraço.

— Levante-os.

Obedeço e os levanto. Ele rapidamente empurra a blusa sobre a minha cabeça e a joga no chão. Estou sentada na cama de sutiã, shorts e sandálias. Ele junta minhas mãos, e as coloca no meu colo.

— Feche os olhos, Josephine.

— É Jo.

— Não, não é — ele contrapõe. O tom profundo e autoritário que ele usa me deixa fascinada e o desejando. Ele mordisca meu pescoço e perco toda a linha de raciocínio.

De repente, um tecido macio toca de leve o meu rosto. Deixo escapar um suspiro quando ele puxa o tecido agradável até meus olhos e amarra confortavelmente apertado. Nunca fui vendada durante o sexo e me sinto um pouco apreensiva, mas sei que posso confiar nele, e mais, toda essa coisa de venda é muito sensual. Estou em total escuridão por trás do pano e ouço atentamente ele se mover. Ouço o zíper e o arrastar de roupa. Uma de suas mãos segura meu rosto e seu polegar, minha bochecha. Chegando por trás de mim, ele abre meu sutiã como se ele já tivesse feito isso um milhão de vezes. Para ser realista, um homem como Damon já participou, provavelmente, de muitas brincadeiras. Tremo só de pensar nele com outra mulher. Ele desliza meu sutiã para baixo, nos meus ombros, e o ouço lançá-lo para o chão. Então coloca uma mão em cada um dos meus ombros e gentilmente me empurra, até que estou deitada de costas. Minhas pernas balançam do lado de fora da cama e ainda estou vestida da cintura para baixo. Sinto suas mãos deslizerem pelas minhas pernas, então soltar uma sandália e depois a outra. Elas escorregam com facilidade e as ouço bater no chão com um leve baque. Suas mãos quentes envolvem uma das minhas pernas e ele beija o peito do meu pé, o que é delicado e erótico ao mesmo tempo, enviando uma carga de eletricidade da ponta dos dedos até a minha virilha e meu estômago se contrai, lá embaixo.

— Suspenda. — Ele toca meu quadril e apoio meus pés na barra lateral da cama, levantando minha bunda. Seus dedos engatam na cintura do meu short e calcinha, e logo são puxados para baixo, deixando-me nua. Seus lábios pousam na minha barriga, abaixo do meu umbigo, e solto um gemido ofegante. Ele deixa beijos molhados até o centro do meu tronco e depois afunda na cama, me montando. Segurando uma das minhas mãos, ele a puxa até os lábios, beijando a palma, depois o pulso e todo o caminho até a parte de baixo do meu braço, no cotovelo, que envia essa corrente familiar até a minha virilha, novamente. Meu braço é colocado acima da minha cabeça e ele faz o mesmo procedimento com a outra. Eu o sinto se mexer e sair da cama. O que foi isso?

— Onde você vai?

— Calma. Paciência.

Posso ouvi-lo sussurrando alguma coisa. Que raios ele pode estar fazendo? Procurando um preservativo, talvez? Sinto a cama afundar, acima da minha cabeça, e sua boca sussurra no meu ouvido.

— Você continua pronta, Josephine?

Sua respiração quente contra minha pele me fez torcer e retorcer involuntariamente. Posso sentir a umidade entre as minhas coxas aumentar e a minha necessidade por ele crescer dez vezes mais. — Sim — respondo ansiosamente.

— Diga-me.

— Eu estou pronta para você — solto de uma só vez. Sinto uma estranha sensação de timidez ao dizer isso. Timidez é um conceito estranho para mim.

— Boa menina. Isso pode ficar apertado, mas não vai doer, eu prometo. Jamais te machucaria.

— Eu sei. — Sei? Meus braços são estendidos acima da minha cabeça. Posso senti-lo prender algo como uma algema em cada pulso. O material parece forte, mas é macio contra a minha pele. Há um súbito som indicando o fechamento e meus braços são esticados ao máximo, mas ele está certo, não machuca nada. Meu estômago parece estar cheio de borboletas. Ele pressiona os lábios na minha bochecha; inclino-me em seu beijo e toco o nariz nele. Estou carente de contato. Quero sua pele na minha. Tudo em cima de mim. Ele me preenche de uma forma que nenhum homem jamais preencheu. Quando estou perto dele, parece que nenhum outro homem existe ou, se existe, é impossível comparar. Talvez jamais exista. Sinto o toque de sua perna ao meu lado. Um dos meus pés é levantado e um sapato de salto é deslizado. O salto agulha. Ele guia o sapato perigosamente alto no meu outro pé.

— Eu disse que você usaria esses saltos hoje à noite.

Não disse?

— Disse — admito calmamente.

— Dobre os joelhos pra mim, amor. — Amor? Nunca fui chamada assim antes. Ok, talvez por alguma cantada barata de algum idiota, uma ou duas vezes, mas nunca assim; nunca de uma forma verdadeira. Isso faz as borboletas no meu estômago darem piruetas. Flexiono os joelhos e puxo as pernas para cima. Os saltos as tornam semi-desajeitadas, mas ao mesmo tempo, parece sexy. Estou amarrada, nua, mas de salto agulha e sinto muito tesão.

— Linda.

Um pequeno sorriso aparece em meus lábios, com o seu elogio. Suas duas mãos grandes e quentes vão para as minhas coxas e eu respiro instável em antecipação. As mãos de Damon deixam minha pele momentos depois de terem sido colocadas, e eu gemo. Uma risada profunda ressoa dele e isso me irrita. Estou ficando impaciente aqui. Amarrada, nua e esperando pacientemente. Não acho que a minha boceta pode ficar mais molhada de excitação.

— Logo — é a sua resposta para o meu gemido petulante — Em breve.

Outra faixa macia, mas forte, envolve uma coxa e depois a outra. Puta merda! Ele está amarrando minhas pernas para que fiquem na posição. Não estou pronta para isso! Como se lesse minha mente, ele explica:

— Parece que você tem uma ligeira incapacidade de seguir instruções, quando a minha boca está nessa sua boceta perfeita, por isso, estou melhorando a situação. Agora, você não pode se mover.

Respiro fundo e isso nada faz para acalmar meu corpo ansioso.

— Você ainda está pronta para mim, amor?

— Sim. Por favor.

— Vou ser o juiz disso.

Um dedo traça a fenda úmida da minha abertura e eu tremo. Ele suaviza a minha excitação seguindo todo o caminho até a minha bunda e eu estremeço levemente com o toque intrusivo.

— Perfeito — ele ronrona. Suas mãos agarram ambos os meus tornozelos com força, e posso sentir sua boca pairando acima do meu núcleo necessitado. Seu hálito quente invade minha carne hipersensível e arqueio as costas. Bem, arqueio as costas tanto quanto posso, já que estou presa à cama. Seus ombros largos e nus sarram contra o interior dos meus joelhos, enquanto se inclina para a frente e enche minha barriga e quadris com beijos molhados. Sua língua deixa um rastro quente ao redor do meu umbigo. Gemo quando meus quadris lutam contra as restrições e tentam avançar na direção dele. — Você não tem paciência, amor. Vamos ter que trabalhar nisso.

— Você quer dizer me torturar e provocar até que eu pare? — disparo como uma criança mau comportada.

— Gostaria de ser amordaçada também?

— Não — murmuro.

— Isso é bom. Eu, com certeza, não gostaria de amordaçá-la. Essa sua boca faz alguns dos sons mais sedutores que já ouvi quando estou completamente enterrado.

Que Deus me ajude! Esse homem vai ser a minha morte. Seus lábios pousam na parte interna de um dos joelhos e ele planta um beijo suave e prolongado, lá.

— Eu. — Ele se move mais para cima, na minha perna trêmula e planta outro beijo suave.

— Amo. — Ainda subindo, mais um beijo e isso me faz puxar, em vão, as minhas restrições.

— Essa. — Os lábios permanecem contra a junta entre minha boceta e minha coxa. Eu gemo e arfo em desespero.

— Boca. — Sua língua macia faz contato com meu clitóris e então, dá uma lambida, dolorosamente lenta, do meu clitóris até a minha bunda, fazendo-me suspirar e me contorcer. Seus braços musculosos envolvem cada uma das minhas coxas e me mantém ainda mais imóvel, segurando minhas pernas em um agarre firme e sou deixada vulnerável, à sua mercê. Sua língua gira ao redor do perímetro da minha abertura e meu corpo espasma ferozmente.

— Mmmm — sussurro apreciativamente.

Sua boca é a coisa mais divina que já experimentei e, juro, eu nunca me senti tão completamente satisfeita sexualmente. Ele faz outra passagem lenta de cima para baixo e eu gemo. Seus lábios se fecham em volta do meu clitóris e ele alterna entre pancadinha de leve com a língua e forte sucção.

— Damon — ranjo os dentes de prazer.

Sua boca requintada deixa o meu clitóris e sua atenção vai para a minha abertura escorregadia. Sua língua mergulha profundamente e, em seguida, retira. Ele me trabalha dessa forma... até que cada respiração é um gemido. Mal consigo respirar e ele, com facilidade e habilidade, trabalha o meu clímax. Sinto a construção do meu orgasmo na parte baixa do estômago. Ele para. Meu orgasmo desliza por entre meus dedos e eu choramingo. Um dedo mergulha profundamente em mim. Ele o retira e espalha minha umidade sobre a minha bunda. Mais uma vez hesito com a sensação intrusiva de seu toque contra o lugar privado. Já fiz muito sexo, mas o sexo anal não é algo que eu já tenha me aventurado. Ele pressiona um dedo no botão apertado e faço o meu melhor para relaxar. Um longo dedo desliza no canal. Agora, um segundo dedo. Seu toque sábio constrói meu orgasmo num instante.

— Ahh. — Sugo o ar por entre os dentes e gemo.

— Relaxe — ele diz, por entre as minhas pernas.

A respiração dele contra a minha carne incendeia minhas terminações nervosas sensíveis. Sua boca cobre meu clitóris novamente e retoma seu movimento anterior de pancadinha leve e sucção forte. Seus dois dedos facilmente entram e saem em pinceladas curtas, esfregando contra a parede frontal da minha boceta. O polegar circula o botão apertado, virgem, da minha bunda mais uma vez, antes de violar a passagem do anel apertado de músculos. Ofego em estado de choque e meus olhos arregalam por trás da minha venda. Puxo contra as restrições que me mantêm aberta para ele.

— Relaxa, amor — ele repete, com a boca ainda pressionada ao meu clitóris.

Estou tentando o meu melhor para fazer o que me é dito. Ele continua a me trabalhar de forma tão completa; posso sentir meu estômago se contraindo cada vez mais. Seu polegar aplica apenas a quantidade certa de pressão contra a carne separada entre os dedos e o polegar. É uma sensação exótica, intrusiva e estimulante. Cada nervo está queimando e sinto que eu poderia entrar em combustão espontânea.

— Nossa, Damon, não pare. Não pare... — eu gemo alto.

Um rosnado baixo emana de seu peito, enviando uma sensação de vibração através da minha virilha e me envia em um tremor, entrando em erupção, em forma de prazer culminante. Minhas pernas tremem e tencionam enquanto sou sacudida contra as restrições. Ofego e leva um bom tempo antes que eu seja capaz de puxar uma respiração completa. Ouço um ruído novamente e ele afrouxa as restrições que mantém cada perna separada. Há um outro ruído, que eu suponho ser o som da corda que está apertada, e de repente estou livre delas. Meus membros relaxam e descansam inanimados sobre a cama. Ofego e trabalho na recuperação da minha compostura. A cama afunda e posso sentir o calor irradiando de seu corpo. Ele monta em mim, com uma perna de cada lado do meu corpo, e levanta a minha nuca, retirando a venda. Pisco para limpar a visão embaçada e ele entra em foco, acima de mim. Puta merda, sinto como se o estivesse vendo pela primeira vez. Seus olhos cor de âmbar estão puro fogo e as bochechas, apenas um tom rosado; seu cabelo quase-preto está uma deliciosa bagunça. Quero me sustentar em um cotovelo para poder correr meus dedos nele, mas ainda estou me recuperando do orgasmo celestial. Seu peito está nu e anseio tocá-lo. Ergo minha cabeça o suficiente para olhar entre as minhas coxas, e ele está tão nu quanto eu. Sua esplêndida ereção paira sobre o lugar que eu mais quero.

Ele se inclina para baixo, enfia um braço entre minhas costas e o colchão e me levanta até seu peito, trazendo-me a uma posição ajoelhada, que espelha a sua. A cabeça de seu pênis, nu, está inclinada contra o meu estômago. Seu olhar é penetrante e intenso, quase desconfortável. Procuro por um alívio e o encontro olhando para baixo, apreciando a visão de seu comprimento pressionado contra mim. Estou tão enfeitiçada... não, distraída, o observando, que tenho o primeiro pensamento negligente que eu já tive com relação ao sexo: imagino-me assumindo o controle. Empurrando-o para trás, montando nele e deslizando sobre aquele belo pedaço de homem completamente nu e exposto. Coloco essa ideia idiota de lado e o encaro de volta. Juro que ele deve saber exatamente o que se passa na minha cabeça, porque um sorriso torto aparece em seus lábios. Ele muda nossa posição, de modo que fica sentado de costas para a cabeceira da cama, parecendo o dono do mundo. Ele gesticula com o queixo para o criado-mudo. Estico-me até o outro lado da cama, abro a gaveta, pego um preservativo e jogo para ele.

— Você sabe que não vou usar essa coisa pra sempre. — Ele levanta o preservativo e olho entre ele e a camisinha. — Um dia quero te comer sem nada. Você será a primeira mulher com quem eu já transei sem camisinha.

Puta merda, ele faz com que a minha tentação fique ainda mais difícil de resistir.

— Você já transou sem camisinha?

Balanço a cabeça negando. — Estou limpa — ofereço. Que porra é essa? Por que parece que estou tentando convencê-lo? Ele arqueia uma sobrancelha. Jesus Cristo, acho que ele, simplesmente, vai aceitar a minha palavra.

— Eu também.

Eu acredito. Não sei por que, mas acredito. Isso é

uma grande estupidez. Preciso colocar logo esse preservativo ou vamos acabar fazendo essa idiotice agora. Pego de volta o preservativo e o abro com os dentes. Ele me dá outro sorriso torto enquanto puxo a camisinha de dentro da embalagem.

— Um dia... em breve.

Eu o ignoro e rolo o preservativo sobre a ponta e deslizo para baixo em seu eixo grosso. Ele me encara e é um pouco enervante. Quando a camisinha já está no lugar, ele envolve seus braços em volta da minha cintura e me puxa para ele.

— Enrole suas pernas em volta de mim — ele ordena, e eu obedeço. Ele ainda está sentado e agora estou montada em seu colo, com minhas pernas em volta de sua cintura. Olho entre nós e seu pau está projetado para cima, descansando contra o meu estômago, posso sentir a pulsação da ereção vibrando. Um braço sai da minha cintura e sua mão agarra meu cabelo. Ele me puxa para a frente e repousa a cabeça contra a minha. Espreito através de meus cílios. Seus olhos estão fechados e parece que ele está com dor. Eu sabia que algo estava errado.

— O que há de errado? — Seguro seu queixo angular, e o forço a olhar para mim.

Seus olhos abrem lentamente. Seu agarre em volta da minha cintura aperta e ao mesmo tempo, ele me levanta. Seu pênis prontamente desliza para a posição e com urgência, me puxa para baixo, em cima dele, fazendo-me arfar com a plenitude e a invasão. Minha cabeça tomba para frente e descansa em seu ombro.

— Não há nada errado, agora — ele ronrona no meu ouvido.

Ainda segurando seu queixo, viro a cabeça para me aninhar em seu pescoço e deslizo meus lábios em cada centímetro de pele exposta que consigo alcançar. Começo a balançar meus quadris lentamente para trás e para a frente, esfregando com força, contra seu pênis. Ele geme enquanto me mexo por cima dele. Quero acelerar, mas fazer assim o está enlouquecendo. Posso dizer que ele quer golpear em mim como fez ontem.

— Caralho — ele ruge, então me vira de costas, sua ereção revestida ainda totalmente dentro de mim.

Suspiro quando minhas costas atingem o colchão. Como ele faz isso? Seus dedos entrelaçam no meu cabelo e puxam minha boca na dele; nossos lábios se fundem e as línguas emaranham-se. Posso sentir meu gosto na língua dele, puta que pariu, isso me excita de forma selvagem.

— Me come — sussurro.

Ele puxa o corpo para trás, retirando lentamente seu comprimento molhado e brilhando. Golpeia de volta e deixo escapar um gemido alto. Ele retira mais uma vez. Apenas a ponta permanece dentro e golpeia mais uma vez, roubando meu fôlego. Seu olhar fumegante permanece bloqueado no meu e quase derreto no lugar. Eu o conheço, mas não conheço. Eu o quero, mas não quero. Preciso dele, mas não preciso. Seu ritmo acelera, conforme retira e enfia, uma e outra vez, enterrando seu pau duro em mim, a cada impulso.

— Ai, caralho — gemo enquanto ele golpeia, incansavelmente, em mim. Minhas unhas cavam em seus ombros. Sua pele fica cada vez mais escorregadia de suor; gotas escorrem por sua testa e quando chegam na sobrancelha, pingam no meu esterno. Seus músculos começam a retesar ainda mais, quando ele grunhe e avança duramente dentro de mim.

— Oh, puta que pariu, amor — ele rosna com os dentes cerrados.

Minha barriga comprime e meus músculos apertam o pau dele. Minha boceta pulsa e espasma quando outro orgasmo arrebatador rasga dentro de mim. — Damon! — eu grito. No momento em que seu nome rasga pela minha garganta, ele estaca dentro de mim, tanto quanto pode. Então para, crava até o punho, estremece repetidamente, enquanto meu corpo ordenha seu eixo, até a última gota de seu prazer. Ele cai em cima de mim, e embora seja muito pesado, respiro profundamente, coloco minhas pernas em volta dele e acarício suas costas com as pontas dos dedos, enquanto nos acalmamos e recuperamos o fôlego.

— Você usa algum contraceptivo? — ele murmura, sua boca contra o meu pescoço.

Que porra é essa? Aparentemente, ele está falando sério sobre não usar o preservativo.

— Uso — respondo com sinceridade.

— Que tipo?

— Pílula.

— Sem preservativos, a partir de hoje.

— Para de palhaçada! Você não vai decidir por mim.

Ele beija meu pescoço e se apoia nos cotovelos. Aqueles olhos cor de âmbar me perfuram como um bisturi enfurecido. — Você pode não perceber isso ainda, mas você é minha. Não é porque estou dizendo. Você é minha porque é assim que é. Sinto que te esperei a vida toda. Antes de nos conhecermos, naquela loja, eu sonhava com você todas as noites; me perguntava onde estava e quando te encontraria. Agora que a encontrei, você estaria louca se achasse que eu a deixaria ir embora. Não vejo necessidade de proteção. Não quero absolutamente nada entre nós. — Ele me beija a ponto de perder o fôlego, antes de se retirar e desaparecer no banheiro.

Meu coração dispara no peito e sei que estou boquiaberta. Respiro fundo e conto até dez. O que isso significa? Para mim? Para nós? Existe um nós? Nem sei o que pensar. Ele volta para o quarto, me dando uma visão completa e desinibida de seu glorioso corpo nu. Observo-o descaradamente. Ele engatinha na cama até mim e toma seu lugar entre as minhas pernas novamente. Seu peito cobre minha barriga e sua cabeça repousa sobre o meu peito, seus braços me envolvendo e suas mãos grandes descansando em minha bunda. Não consigo evitar, deslizo meus dedos por seu cabelo escuro, que parece seda entre eles. Suspiro profundo e exasperadamente. Não sei no que estou me metendo, mas não posso negar aquilo que ele disse. Eu também sinto que estive esperando por ele, mesmo sem conhecê-lo. Sinto a conexão que ele diz, e eu nunca conseguiria desejar outro homem do jeito que o desejo. Mas também sei que não sou do tipo que tem encontros; nem mesmo sei como ser a namorada de alguém.

— Nós mal nos conhecemos. O que você quer comigo? E não diga que quer descobrir se nós já nos conhecemos antes, porque isso seria uma mentira, daquelas bem cabeludas, e você sabe disso.

— Eu sei o suficiente sobre você e vou te contar qualquer coisa que queira saber. Pode ser pedir muito de você, mas eu jamais me arrependeria de tentar. Apenas se dê uma chance. Me dê uma também; concorde em ser minha. Exclusivamente.

— Você está me pedindo em namoro?

— Estou — ele responde irritado.

Suspiro dramaticamente e sinto seus músculos enrijecem contra mim. Ele está nervoso? — Eu não posso prometer nada, mas vou pensar a respeito. — Meu coração bate descompassado no peito e posso sentir que o seu está da mesma forma. Acho que estou entre a cruz e a espada. Estou assustada pra caralho e animada ao mesmo tempo. Sinto seus lábios se curvarem em um sorriso e, por um momento, quero gritar "sim!". Ele é incrível e eu seria uma idiota se não gritasse a plenos pulmões. Estou tão fodida... Corro minhas mãos suavemente em seu cabelo e ele suspira contente, com a minha promessa de pensar no assunto; não demora muito, Damon cai no sono.

Capítulo Dez

Pequenos milagres

Pelo segundo dia consecutivo, sou acordada pelo toque incessante do meu celular.

— Argh! — reclamo e rolo para fora da cama macia de Damon, cambaleio até o meu celular e o atendo irritada. — O quê?

Sutton gargalha no telefone, o que só reforça a minha irritação. — Bom dia para você também, MISS EUA.

Reviro os olhos. Eu nunca vou me resignar a esse maldito apelido. Assim como ele não aprova o Capitão também. — O que é agora? — pergunto rispidamente, olhando para o relógio. Nove horas. Droga, dormi até tarde.

— Boa notícia, Jo.

Essas palavras me fazem arregalar os olhos e despertar numa fração de segundo. Meu sono desaparece e espero a boas notícias.

— Não venha hoje. Recebi uma oferta na loja e vou aceitar. Alguém quer comprar o lugar.

— O quê?! — eu grito. Não posso acreditar nisso. Creio que seja uma boa notícia para ele, mas, na minha opinião, prefiro que o maldito lugar permaneça vazio, em vez de se transformar numa glamorosa loja de mordaças ou algo assim.

— Isso que você ouviu. Tenho uma reunião com o comprador hoje. Então, depois te ligo e passo todos os detalhes.

— Está bem. — Desligo, derrotada. Odeio ter que sorrir quando quero chorar. Olho de volta para a cama e noto que Damon foi embora, mas nesse momento, isso é o que menos me importa. Só quero voltar a minha bunda nua e derrotada para a cama e dormir o dia todo. Suponho que a coisa mais responsável a fazer seria sair em busca de emprego, mas eu simplesmente não dou a mínima agora. Volto atordoada para a cama, puxo as cobertas até meus ouvidos, fecho os olhos, e derivo.

— Josephine — ele sussurra.

Eu me assusto e, abruptamente, sento ereta, colidindo minha testa bem na sua boca. — Ai, merda — grito e esfrego a minha mão contra a minha testa.

— Você tem uma cabeça dura, não é?

Abro os olhos e encaro Damon. Eu suspiro. — Oh, meu Deus, você está sangrando. Merda, me desculpa. Você me assustou. Fique aí. — Pulo da cama e corro para pegar uma toalha no banheiro. Umedeço o canto com água fria e volto para um pecaminosamente elegante, mas sangrando, Damon. Ele está sentado na beira da cama, com seus sapatos brilhantes, empoleirados no tapete. Eu me posiciono entre os joelhos e pressiono o pano no lábio cortado.

— Me desculpa — eu sussurro, limpando cuidadosamente o sangue de seu lábio inferior.

— Eu não queria te assustar. Só achei que deveria acordá-la. Você está dormindo quase o dia todo.

Ergo o meu pescoço para ver o relógio. Merda! Dormi quase o dia todo. Já passa de uma da tarde. Meu estômago ronca descaradamente e ele ri.

— Eu achei que você poderia estar com fome. Acho que estava certo. — Suas mãos deslizam sobre meus quadris e se acomodam na minha bunda, me lembrando que ainda estou nua. Ainda segurando as polpas da minha bunda, ele me puxa para mais perto dele. Por que ele está vestido assim? Hoje é sábado.

— É sábado.

— Sim. E? — diz ele, enquanto seus lábios pousam na minha clavícula. Ele beija a lateral do meu seio.

— Por que você está vestido assim?

Ele aperta a minha bunda. Deixo cair a toalha no chão e envolvo meus braços em volta do pescoço.

— Trabalho nunca tem fim pra mim. Não existe essa coisa de dia de folga. — Uma das mãos deixa minha bunda para segurar meu seio. Ele cobre o meu mamilo duro com sua boca quente e eu arqueio.

— Não há descanso para os cansados e todo esse blá blá blá — ironizo, mais ofegante.

— Exatamente.

— Você vai machucar o lábio novamente, fazendo isso.

— Não consigo pensar num motivo melhor para machucar — ele murmura contra a minha pele, quando muda para o outro seio. Então beija e suga o mamilo, e depois, me libera. — Obrigado.

— Por?

— Por ser uma enfermeira tão devotada. — Ele dá um sorriso brincalhão de derreter o coração, parecendo diferente anos-luz do homem sério com quem dormi ontem.

Eu daria qualquer coisa para entrar naquela bela cabeça dele.

— Você é um paciente alto nível, não posso reclamar — sorrio de volta.

Ele respira fundo e suspira. Olha lá de novo. Algo está passando por aquela cabeça dele e desejo com todas as minhas forças, que ele se abra pra mim.

— O quê?

— Nada não, só achei que deveria parar antes de pensar na possibilidade de te amarrar na minha cama pelo resto do dia — ele responde, tão casual quanto possível.

Recuo e agarro minha barriga enquanto me acabo de tanto rir, coisa que não me lembro de algum dia ter feito. — Vo... você acha que pode me manter na cama o dia todo? — gaguejo por entre suspiros.

— Não me desafie, amor. Agora, vá se vestir. Vamos comer. — Sua mão grande dá uma palmada forte na minha bunda que faz um estrondo tão alto que eu hesito e levanto. Acho que terei o dia de folga, então, por que não almoçar com ele?

— Onde estão as minhas roupas? — Procuro pelo chão, meu short, minha calcinha e meu top, mas não os acho.

Arqueio uma sobrancelha interrogativamente.

Ele levanta da cama e enfia as mãos nos bolsos da calça. — Ontem, antes de ir te buscar, pedi a Brian para ir às compras. Segundo ele, todo homem gay entende de moda. As coisas que ele e a vendedora escolheram chegaram hoje de manhã. Eu as trouxe aqui para cima enquanto você estava dormindo — Ele aponta com o queixo em direção a um conjunto de portas de correr de vidro, abertas. — Estão no closet.

— Nossa! — Isso é uma coisa tão surreal, que parte de mim diz que eu deveria estar irritada com sua petulância, mas estou tão chocada com o fato de ele me comprar qualquer coisa, que nem sei o que responder.

— Por que você fez isso? Acabamos de nos conhecer. Você não pode simplesmente jogar um monte de dinheiro e outras coisas para mim. Eu não preciso de esmola.

Ele dá de ombros, em seguida, caminha até onde estou em pé, ainda sem nenhuma peça de roupa me cobrindo. Ele me puxa para si e segura o meu olhar. — Quero que entenda uma coisa, Josephine. Minha palavra é uma só, não volto atrás. Afirmo o que eu disse ontem à noite. Quero você. E seria louco se te deixasse ir embora. Se você me der a chance que disse que daria, vou te conquistar. Você perceberá que isso não é apenas uma ligação sexual. Quero cuidar do seu bem-estar e te fazer feliz. E para isso, não vou pedir a sua permissão, Josephine. — Ele me vira pelos ombros e me conduz para o enorme closet, me direcionando para um cabideiro cheio de roupas.

— Não posso pagar por essas coisas — digo baixinho, olhando para longe. Tenho vergonha de admitir o quão pobre eu sou. Não tenho poupança e meus pertences são limitados.

— A única coisa que eu quero de você é você.

— Eu...

Ele interrompe o meu protesto. — Você acha que não pode aceitar isso de mim, mas vou te provar que está errada. Por favor, acredite em mim, Josephine.

A súplica em sua voz soa alta e clara. Droga! Não costumo me importar com as pessoas; por que estou tão emocionada agora? Tem que ser por causa dos últimos acontecimentos. O fechamento da loja se aproximando e mais o aniversário de morte dos meus pais, é isso que está me fazendo tão emotiva. Sim, é isso. Levanto minha mão e passo pela fila de roupas penduradas na minha frente. Lágrimas indesejáveis picam nos meus olhos. Ninguém jamais foi tão... bom para mim. Não que eu não mereça nada de bom, mas mesmo assim.

Ele segura meu queixo, obrigando-me a olhar para ele. — Não chore, são apenas roupas. Nada demais.

Limpo as lágrimas estúpidas nos meus olhos antes que caiam. — Ninguém nunca me deu nada. Sutton me deu uma roupa para trabalhar, mas ele foi um verdadeiro idiota sobre isso. E você... você está me dando essa merda e é muito mais do que eu mereço. Eu simple...

Seu agarre no meu queixo aperta e fecho minha boca. — Eu não quero ouvir isso de você nunca mais, entendeu?

Dou um pequeno aceno de cabeça.

— Não. Diga que você entende. — Sua voz é dura e severa, e eu impulsivamente ouço e faço o que ele diz. Isso é além de irritante.

— Eu entendo.

— Você é uma mulher incrível que teve a vida fodida por causa de um idiota irresponsável. As ações desse homem te machucaram de maneiras inimagináveis. Eu quero fazer isso direito. Se essas coisas nunca tivessem acontecido, aposto que você teria tido uma vida muito diferente. Você merece o melhor e pretendo te dar essas coisas.

Oh. Meu... Deus. Este homem tem que ser a porra de um sonho. Eu não mereço essa merda, mas ele acha que sim. Tenho que admitir essa coisa louca entre nós e seguir em frente. Vou me arrepender se não fizer. Lágrimas deslizam livremente agora. Ele as seca e me abraça apertado. Não sei como ou por que fui colocada no caminho dele, mas estou feliz por isso. Acho que ele pode ser a melhor coisa que me aconteceu desde o acidente. Passo as mãos pelo rosto e respiro profundamente.

— Está bem — digo em tom decisivo.

— Está bem? — Ele me segura pelos ombros, afastando-me, para olhar em meus olhos.

— Sim, está bem — eu repito.

— Tudo bem com as roupas?

— Tudo... já falei. — Dou de ombros e agito um punho, apontando em nenhuma direção específica. — Quero dizer que está bem, serei sua... sua...

— Namorada? Você vai namorar comigo? — Seu rosto se ilumina, e puta que pariu, isso faz minha apreensão se dissipar no ar. Ele é demais.

— Vou.

— Exclusivamente?

— Eu, obviamente, espero que sim — disparo.

— Bom, porque não vou compartilhar você com qualquer outro homem. — Ele me encara e absorvo a sensação de paz e satisfação em seus olhos. É cru e desarmante. — Jamais. Eu posso te fazer feliz.

Eu também acredito. Não sei como, mas algo dentro de mim me diz que ele pode e vai. Posso ser uma idiota por acreditar nele, mas a alternativa não é uma opção. Vou dar a ele, a nós, uma chance. — Eu sei que você pode — digo baixinho.

Seus lábios se erguem num meio sorriso. — Eu coloquei o resto na cômoda. — Ele aponta para uma cômoda ilha, como eu já tinha visto numa dessas revistas de casas sofisticadas. Há duas delas no meio deste closet, do tamanho de uma sala de estar.

— Há mais lá?

Ele sorri e assente. Olho em volta, intimidada. Não consigo, sequer, processar isso tudo. Eu tenho um armário minúsculo que está quase cheio. E a maioria das minhas roupas são de brechó, uma vez que me recuso a pagar muito por uma calça jeans ou um top. Acho que, no mínimo, meu tempo nas ruas me ensinou a ser simples.

— Sim. Embora eu goste da ideia de você ficar sem calcinha perto de mim, eu não vou te negar roupas íntimas — ele brinca. Bato em seu braço de brincadeira e ele me agarra, novamente, para me dar mais um beijo de tirar o fôlego. Ele se afasta e descansa sua bochecha contra a minha. — Preciso alimentá-la, e depois tenho algo que quero discutir, mas não tenha pressa, amor. — Ele me libera e dá uma palmada na minha bunda, então me deixa sozinha no enorme closet.

Preciso tomar banho antes de vestir essas roupas extravagantes. Saio do closet e vou para o banheiro estilo resort. Abro a porta do box. — Que porra é essa? — eu gemo. Como liga essa coisa? Tem várias coisinhas de pulverizar e alguns controles diferentes. Quem foi o filho da puta que decidiu estragar um simples banho com essa coisa complicada? Mexo nas torneiras até que a água quente finalmente dispara, mas apenas do chuveiro acima de mim. Graças a Deus pelos pequenos milagres. Uso os produtos dele que nem sei os nomes e pouco me importa. Gosto do cheiro do sabonete dele. Isso me faz pensar nele. Vou ter que me controlar para não cheirar o meu braço durante todo o dia, como uma viciada enlouquecida por crack. Rio das minhas reflexões internas e me seco. Caminho até o closet de novo e abro uma das gavetas da cômoda. Paraíso das calcinhas! Deve haver dezenas de calcinhas aqui de todos os tipos e cores. Vasculho as roupas íntimas como uma criança no Natal. Renda. Algodão. Seda. Caleçons. Tangas. Fios dentais. Biquínis. Suspiro e escolho uma caleçon de renda bege. Eu a seguro, me deliciando com o toque sedoso, e acho um sutiã de renda preto na gaveta ao lado. Abro outra gaveta e essa está cheia daquelas coisas de ligas com meias. Eu não sei que raios ele espera que eu faça com isso. Nunca usei essa coisa. As próximas duas gavetas têm lingeries, camisolas e pijamas de todos os estilos, tecidos e cores imagináveis.

— Uau — digo para mim mesma. Ando de volta para o cabideiro, examinando as roupas. Meus olhos param em uma túnica azul marinho de chiffon. Já vi um monte delas, mas não tenho nada parecido; é linda. Rapidamente encontro uma camisete branca e deslizo em um belo short de linho branco com uma bainha balonê nos meus quadris. Eu deslizo a túnica sobre meus ombros e a abotôo e, de repente, me sinto estranhamente *atraente*. Talvez eu esteja num desses programas de pegadinhas e alguém vai sair de uma enorme sapateira e estourar minha bolha. Isso, realmente, não pode estar acontecendo. Sento no chão do closet e passo os dedos no meu cabelo castanho ondulado, tentando me controlar e entender tudo isso. Inclino-me para a frente e pego uma caixa na prateleira de baixo do armário e abro a tampa.

— Jimmy Sh-suu? Hum. — Puxo um salto metálico da caixa. É lindo e muito mais chique do que qualquer merda de segunda mão no meu armário. Coloco a tampa de volta e pego o resto das caixas. Eu os enfileiro e tiro a tampa de todos eles.

— Jimmy Suu. Jimmy Suu. Jimmy Suu. Jimmy Suu. — Quem é este gato Jimmy?

— Damon! — grito como uma louca. Nada. — DAMON! — Ouço algo atrapalhado, e um segundo depois, Damon entra correndo no armário com os olhos arregalados. Ai, merda. Eu o assustei.

— O que houve? Por que você está no chão? — Ele parece em pânico e me sinto uma idiota total. Eu grito com Sutton o tempo todo e ele comigo. Acho que é o hábito.

— Desculpe. — Eu me encolho. Ele relaxa visivelmente.

— Eu só estava curiosa sobre isso. — Ergo uma sandália brilhante e as sobrancelhas dele arqueiam.

— Ok, mas duvido que eu possa te dizer muita coisa sobre calçados femininos.

Estalo a língua com seu comentário espertinho. — Não, eu estava querendo saber sobre a marca. Quem é Jimmy Suu?

Ele ri de mim e jogo o salto nele, que pega com pouco esforço. — Tudo bem, sou um cara e até eu sei que Jimmy Choo é um designer. As mulheres adoram as coisas dele — ele explica.

— Oh. Choo como chuchu. Entendi. Eles parecem caros. Quanto custaram? — Calço um par de sandálias de cortiça azul marinho. Fico contente de ver que tem alguns pares anabelas, já que é o único tipo de salto que eu sei como andar. Só tenho alguns pares de sapatos e um par de sandálias anabela. Elas são realmente confortáveis. Estou me sentindo mimada de todas as formas agora, e meio que estou adorando.

— Não interessa o preço — ele responde e arqueio uma sobrancelha quando levanto.

— Quanto, Damon?

— Não interessa, Josephine.

Cruzo meus braços e me sustento somente num pé, já calçado com a sandália. — Diga-me ou vou para casa — eu ameaço.

Seus olhos se arregalam. — Não, você não vai. Você continuará aqui, comigo. — Ele caminha até mim e meu monte de sapatos, se abaixa e me joga por cima do ombro. Grito e bato na bunda dele, com a minha posição de cabeça para baixo. Uma risada baixa ressoa de sua garganta enquanto ele me leva do quarto, desce as escadas e vai para a cozinha. Sorrio quando ele me coloca de pé e me senta na bancada.

— O que podemos fazer para comer, mulher?

— Não vamos fazer bagunça. Podemos ir para o *The Diner*.

— O que é isso?

— *The Diner*. É o nome do restaurante. — Dou de ombros. — Eu vou todos os dias lá, para tomar café da manhã antes de ir trabalhar. É barato e o café de lá é o melhor. E fazem grandes cheeseburgers, também.

— *The Diner*, então.

— Você tem que mudar suas roupas, no entanto. Lá não é o tipo de lugar para se ir de terno e gravata.

— Só se você me ajudar.

— Acho que posso fazer isso. — Sorrio maliciosamente e sei que estou em apuros. Ele rosna quando me joga por cima do ombro e se dirige em direção às escadas.

Capítulo Onze

Vamos conversar

Eu explico onde é o *The Diner* e fazemos toda a viagem pela cidade em um silêncio confortável. Sua mão atravessa o console de sua elegante BMW e reivindica um lugar na minha coxa. Ele me olha e a aperta enquanto sorri, expondo seus dentes brancos perolados. Esse simples gesto derrete com sucesso o meu coração indiferente. Damon mexe comigo de uma forma que eu não consigo pensar coerentemente a respeito. Sou mal-humorada, mas até que estou me divertindo. Eu não me sinto tão sozinha com ele. Sinto como se eu pertencesse a algum lugar, com alguém. E isso é uma revelação na droga do meu mundo.

Ele estaciona bem em frente, salta e caminha para o meu lado do carro, para abrir a minha porta. Alguém me belisque. Ele tem que estar brincando. Ninguém nunca abriu as portas para mim. Permaneço sentada, admirando o quão incrível ele parece usando jeans, camiseta branca justa e tênis converse. Ele é lindo, seja de terno e gravata ou com roupas casuais simples. Seus entusiasmados olhos cor âmbar parecem brilhar ao sol e seu cabelo grosso e escuro esvoaça na brisa leve.

— Você vai sair ou devo trazer sua comida para o carro?

Desvio o meu olhar fixo e saio. — Desculpe, eu estava apreciando a vista.

Ele segura minha mão e entrelaça nossos dedos. Eu congelo e ele me puxa para perto. — Isto é o que os casais fazem. Eles dão as mãos. Almoçam juntos. Você irá se acostumar com isso. — Ele aperta a minha mão.

Entramos no *The Diner* e aponto para minha cabine habitual. Nós deslizamos no banco gasto e eu aceno para Noni. Ela pega meu gesto com o canto do olho, enquanto coloca gelo em um copo, e vejo quando seu queixo cai. Sim, Noni, eu trouxe um homem comigo. Ela saca o bloco de pedidos e o lápis e quase vem correndo em nossa direção.

— Oi, Noni — digo casualmente.

— Oi, boneca. — Ela olha para Damon e o encara. Que diabos, Noni? Ele é um pouco jovem para você. Noni deve estar na casa dos cinquenta, mas acho que ela poderia ser um puma. Eu não duvido. Ela é uma bela mulher de meia-idade. Seu cabelo castanho escuro está generosamente grisalho, mas lhe cai muito bem. Pés de galinha emolduram a área em volta de seus olhos castanhos amendoados, Mas no geral, ela envelheceu graciosamente, o que é realmente alguma coisa para uma mulher que trabalhou duro como garçonete durante toda a sua vida adulta.

— Noni, esta é meu...

— Namorado — Damon interrompe, estendendo o braço para a frente. Noni aceita e eles se cumprimentam.

— Damon, esta é Noni. Nos vemos tanto quanto eu vejo Sutton.

— Damon Cole. É um prazer conhecer a pessoa que alimenta minha mulher no café da manhã. — Damon pisca para ela, mostrando seu sorriso encantador.

Reviro os olhos, enquanto assisto o rosto de Noni perder a cor e suas mãos tremerem. Sério? Meu Deus... controle-a.

— Damon Cole — ela murmura. Minha nossa, isso é embaraçoso.

— Ótimo, então — eu digo, fingindo entusiasmo enquanto tamborilo os dedos em cima da mesa. — Agora que as apresentações foram feitas... estou morrendo de fome, e você? — Olho para Damon.

— Vou querer o mesmo que você. — Homem esperto.

— Ótimo, boa pedida. Então serão dois cheeseburgers com bacon, um duplo para o carinha aqui, com alface, tomate e cebola, tudo picadinho, e maionese para mim, e... — Arqueio uma sobrancelha para Damon.

— Mostarda — ele acrescenta.

— Mostarda para ele, duas porções de fritas e duas águas. Sem limão. — Encerro nosso pedido com um sorriso e Noni vai embora, ainda escrevendo.

— Há quanto tempo você vem aqui?

Eu respiro fundo e penso no passado. — Desde que comecei a trabalhar na livraria, então... há sete anos, acho.

Ele assente. — Lugar agradável.

— Então, o que você queria conversar comigo?

Ele começa a abrir a boca, mas é cortado pelo meu maldito celular. Pego o telefone e vejo o nome de Sutton na tela. Puta merda, o velhote é o único que sempre me liga. Isso prova o quão medíocre minha vida realmente é. Era. Tanto faz. Deslizo meu polegar sobre a tela e atendo.

— O que é, Capitão? — Olho para Damon e o vejo franzir os lábios e apertar a ponta do nariz. O que foi dessa vez?

— Você já conversou com seu namorado?

Faço uma carranca pelo seu tom. — Ele não é meu namorado! — disparo no telefone. Olho de relance para Damon. Ele está puto. Que se dane. Seus olhos estreitam em mim e me sinto presa na cadeira. Preciso desligar o telefone e explicar.

— Bem, se ele ainda não é seu namorado, será quando eu te disser que foi ele quem comprou a loja. Esse homem parece estar decidido a impressionar você, Miss EUA.

— Te ligo de volta — murmuro e deligo rapidamente.

— Não sou seu namorado, é?

Eu o encaro inexpressivamente. Não sei nem o que diabos fazer com o que Sutton disse sobre Damon ser o comprador. Por que ele faria isso? Nem sei o que dizer a ele. Noni interrompe nossa silenciosa troca de olhares, coloca nossos pratos na mesa e quase tropeça nos próprios pés, tentando se afastar de nós.

— Você comprou a loja?

Ele olha por cima de sua comida. — Conversaremos sobre isso quando voltarmos para a minha casa. — Sua voz é firme e intimidante.

Devo ter realmente irritado-o. Mas continuo de

qualquer maneira. — Não, eu quero conversar sobre isso agora.

Ele fecha os olhos e respira fundo. Quando os abre, seu olhar me queima por dentro. — Não. Vamos discutir isso quando voltarmos, Josephine. — Ele acena dois dedos no ar para pedir a Noni para fechar a conta e, quando ela entrega a ele, traz duas caixas para viagem. Ele coloca as refeições dentro e joga uma nota de cem dólares sobre a mesa, desliza para fora da mesa e me arrasta em direção ao carro.

Nossa viagem de volta é silenciosa, mas longe de ser confortável. Quando entramos no elevador, ele enfia o dedo furiosamente no painel. Por que diabos ele está tão calado? Preciso explicar por que eu disse aquilo a Sutton e ele precisa explicar o que está acontecendo com a loja. O elevador para e as portas se abrem. Ele ainda não disse uma palavra. Ele toma minha mão e me puxa. Então, abre a porta da frente e me puxa atrás dele. Tento me afastar, mas seu agarre é apertado. Gostaria que ele apenas parasse e dissesse alguma coisa. O silêncio é enervante.

— Você não vai dizer nada? O que está acontecendo?

— Amor, estou prestes a te contar tudo o que você precisa saber. Confie em mim. — Estou sendo arrastada pela escada tão rápido, que meus pés mal conseguem acompanhá-lo. Entramos na biblioteca e fico ainda mais confusa. Sério que vamos nos sentar e discutir sobre as coisas na porra da biblioteca, como dois colegas de trabalho?

— Tire suas roupas, Josephine — ele ordena em voz baixa, exigente.

— O quê? — Franzo minhas sobrancelhas.

— Tire suas roupas ou eu vou tirá-las para você, mas duvido que elas sirvam depois que eu terminar.

Fico congelada no lugar, chocada e confusa com suas palavras. Eu não entendo por que ele apenas não fala sobre essa merda.

— Muito bem — ele bufa e dá passadas largas, parando na minha frente. Ele agarra o tecido delicado da minha túnica azul marinho e a rasga.

— Minha blusa! — suspiro.

Suas mãos vão para a barra da minha camisete e ele a rasga também. Que porra é essa? Suas mãos destrutivas vão para o cós do meu short e ele também é rasgado! Porra! Sou deixada de calcinha e sutiã diante dele.

— Conversar parece muito mais produtivo do que rasgar roupas, você não acha? — falo entre dentes.

— Pronta para falar, Josephine?

O quê? Estou tão confusa. Franzo as sobrancelhas novamente e começo a balançar a cabeça.

— Vamos conversar, amor — ele ronrona no meu ouvido.

Oh, merda. Meu estômago vira e agita quando entendo o que ele tem a intenção de fazer. Não posso dizer que eu não quero isso. Eu poderia ter um, dois ou até três orgasmos.

Ele abre meu sutiã e facilmente o retira, jogando-o no chão. A renda delicada da minha calcinha não é páreo para a sua força bruta. Ele a destrói com um puxão forte. — Agora podemos conversar.

Não consigo dizer nada. Estou sem palavras e excitada por este incrível homem de muitas faces.

Seus dedos tocam de leve meu cotovelo e me guiam para trás de uma das enormes cadeiras aveludadas. — Incline-se e prepare-se, amor.

Preparar-me para quê? Minhas mãos ficam trêmulas e me inclino para frente, sobre a cadeira, conforme instruído. Espreito por cima do ombro e o vejo tirar as roupas. Meu núcleo aperta em antecipação. O calor entre minhas pernas queima como fogo ardente enquanto minha excitação se constrói. Sua grande mão pousa na parte de trás do meu pescoço e dá um breve aperto, antes de deslizar na direção da minha espinha. Um dedo desliza entre as bochechas da minha bunda e persiste, deslizando para baixo, na costura da minha abertura. Fecho os olhos e me deleito com a sensação de seu toque. O rasgar do papel alumínio chama a minha atenção e fico contente que a discussão sobre o preservativo tenha sido guardada para um outro momento. A cabeça de sua ereção cutuca a minha abertura. Ele cuidadosamente e delicadamente orienta a ponta para dentro. Suspiro profundamente em antecipação. Ele avança, mas só um pouco.

— Quem é você, Josephine? — ele pergunta, com a voz ainda calma, mas cheia de sensualidade.

Percebo que ele está jogando. — Sou sua namorada — eu respondo, me sentindo um pouco orgulhosa.

— Se você é minha namorada, então o que eu sou, Josephine? — ele enfatiza sua sentença e me enche com todo o seu comprimento, de uma só vez. Suspiro e involuntariamente fico na ponta dos pés. Suas mãos fortes seguram meus quadris com força e me esforço para respirar. Ele retira lentamente.

— Diga-me.

Mais uma vez, ele golpeia em mim, roubando meu fôlego da maneira mais deliciosa. Meu corpo aperta de prazer.

— Meu namorado — minha voz sai fraca e ofegante.

— Diga isso de novo — ele ordena.

Obedeço quando recebo outra estocada forte. — Ah! Meu namorado.

Ele recua e avança de novo. A cabeça do pau batendo nas minhas partes mais profundas, enviando pequenas dores requintadas através do meu ventre. — De novo. — Ele respira ofegante.

— Meu namorado! — eu grito.

Sua velocidade aumenta e ele me leva ao clímax num instante. Uma das mãos sai do meu quadril e massageia meu seio. Ele geme em apreciação. Sinto seu corpo retesar quando seu orgasmo se aproxima junto com o meu. Arquejo e começo a ver um borrão. Meu estômago aperta. Meu canal contrai, sugando seu pênis perfeito. Uma descarga elétrica de prazer cru rasga em minhas veias enquanto o orgasmo me consome. Ele para, enterrado profundamente, e estremece; um gemido gutural ressoa através de seu peito. Seus dedos afundam na minha carne, enquanto nossos corpos são submetidos, em perfeita sincronia, a um êxtase de tirar o fôlego. Ele descansa sua testa nas minhas costas, retira-se de dentro de mim e me coloca de pé, de frente para ele.

— Eu não quis dizer aquilo — digo rapidamente. —

Eu só disse por causa de Sutton. Não quero ouvir qualquer piadinha dele.

— Eu nunca te negaria. Por favor, não me negue.

Oh, meu Deus, agora estou me sentindo como uma completa babaca. Ele parece magoado e a culpa é minha. Que importância tem se Sutton souber? Posso lidar com aquele velho bundão. Nem tem como eu esconder o meu relacionamento com Damon para sempre.

— Por que você comprou a loja? Vai transformá-la em algum bar ou algo do tipo?

— Olhe ao seu redor — ele ordena.

Eu obedeço. Olho por toda a biblioteca. Por todas as fileiras e fileiras de livros ao meu redor. Volto meu olhar para ele e ergo uma sobrancelha. Então, o que ele quer que eu veja?

— Os livros são o que você ama. Eles são o que você conhece. Obviamente, são a sua paixão. Não quero que você perca isso; você já perdeu o suficiente. — Sua voz é baixa e suave em meu ouvido.

Meu coração aperta e dói no meu peito. Sinto lágrimas ameaçando cair. — O quê? — sussurro, mal conseguindo pronunciar as palavras.

Aqueles olhos cor de mel penetram em mim. Ele agarra meu ombro com uma das mãos e passa as costas da outra no meu queixo. — Você já perdeu o suficiente. Eu comprei a loja para você. Quero que você a administre. Está nas suas mãos agora.

— Você não a comprou achando que pode ter qualquer tipo de controle sobre mim?

O canto de seus lábios se eleva em um pequeno sorriso.
— Eu estaria mentindo se dissesse que a compra da loja não me beneficiou de alguma forma. — Seus ombros largos sobem e descem enquanto ele encolhe os ombros. — Mas percebi que esse é o caminho para o coração da minha mulher. Então, comprei o lugar.

Sem hesitar, envolvo meus braços em sua cintura e respiro um suspiro profundo de alívio.

— Eu... eu...

— Shh. — Ele levanta um dedo e o pressiona nos meus lábios, me silenciando. — Eu disse que ia dar o que você merece. Deixe-me te mostrar isso. — Ele se inclina, envolve minha cintura e tira meus pés do chão, me puxando com força contra seu peito definido e nos conduz pelo largo corredor, para o quarto.

Sinto-me como se estivesse em algum tipo de torpor eufórico e tenho que admitir que nunca me senti tão sortuda na vida. Não parece como se tivéssemos nos conhecido ontem. Sua generosidade não parece uma caridade. Parece como... algo bom, verdadeiro e belo, e é meu enquanto eu aceitar o que ele oferece. Não posso recusar. Não em meu juízo perfeito.

Capítulo Doze

Algo para se orgulhar

— Não entendo. Por que eu? Você é bom demais para uma pessoa como eu.

Ele me abaixa na cama e sobe por cima de mim, para deitar ao meu lado, envolvendo os braços em volta do meu corpo nu e me puxando para seu peito. Está se tornando, rapidamente, o meu lugar favorito no mundo. Me sinto segura aqui. Me sinto... bem em estar aqui. Exatamente aqui, em seus braços. Isso é tão confuso. Espreito por cima do meu ombro para Damon e vejo seu olhar queimando em mim.

— Não consigo explicar. Eu te vi... e tudo se encaixou, pela primeira vez na minha vida. Sinto como se agora eu respirasse. Você é que é boa demais para alguém como eu. Não te mereço. Acredite em mim.

Por que ele disse isso? Mesmo ouvindo tudo o que ele disse, sinto dor por ele. Viro-me em seus braços para encará-lo.

— Você... você é incrível em todos os sentidos! Como poderia achar que não me merece? Só espero que, por algum milagre, eu realmente possa ser o que você pensa que sou.

— Sei que estou certo sobre você. Sinto isso. Minha intuição nunca falha.

— Você é meio arrogante e muito mandão, gostosão — pondero provocativamente. Ele ergue uma sobrancelha e dá um sorriso torto de derreter calcinha. Porra, estou em apuros. Como é que a minha calcinha não entrou combustão espontânea ainda?? Nunca imaginei que pudesse me sentir tão feliz ao lado de alguém. Eu poderia facilmente me apaixonar por ele. Minha nossa, talvez eu já esteja.

Seus dedos deslizam até minhas costelas, em seguida, me fazem cócegas nas axilas.

— Paraaaaaaaaaaaa! — grito como um animal ferido e me debato.

— Ah, minha Josephine não aguenta cócegas — ele brinca e continua. Eu contorço-me e bato nele.

— Por favorrrrrr! — eu grito.

Suas mãos deixam minhas axilas, conforme ele eleva seu enorme corpo e passa uma perna em cima de mim, me rolando de costas. Então, monta em cima de mim e puxa meus braços acima da minha cabeça, me mantendo imóvel com facilidade. Meu sorriso desvanece quando olho para cima, naquelas fumegantes poças de mel. Gosto de estar aqui. Divirto-me com ele. Não sei mais como ficar *sem* ele. E se isso não der em nada? E se acabar?

— O que há de errado? — Um profundo vinco marca sua testa, mostrando preocupação evidente.

Suspiro e pigarreio para confessar meus receios. Sinto que posso e devo conversar com ele sobre isso. — Estou com medo — admito o meu receio honestamente e vejo quando ele franze os lábios. — Estou apavorada de me apegar a você; ficarei destruída se alguma coisa acontecer a nós ou a você. Não tenho condições de perder mais nada. Eu não sobreviveria. — Não faço contato visual, e isso me faz admitir minhas preocupações particulares mais facilmente.

— Olhe pra mim — ele exige.

Direciono meu olhar para o dele sem hesitação. Ele libera meus braços e os traz para baixo, pressionando minhas mãos em seu peito nu. Sua pele é quente e bronzeada; seus músculos ondulam e salientam quando ele se movimenta ou fala. Ele é inebriante. Eu não poderia sonhar com um homem mais bonito. Ele segura minhas mãos no lugar, contra seu peito, enquanto nossos olhares se prendem.

— Nada vai acontecer. Não deixarei nada nem ninguém estragar isso. Você não tem nenhum motivo para se preocupar. Não te deixarei perder mais nada. Você acredita em mim?

Eu acredito nele. Sei que é completamente estúpido, mas, tenho que ser honesta, algo no meu coração me diz que acredito nele. Concordo com a cabeça.

— Diga, Josephine — diz ele com firmeza.

— Eu acredito em você.

Ele respira fundo e retoma a sua posição ao meu lado. — Que bom.

— Podemos comer agora? Realmente quero o meu hambúrguer antes de voltar para casa.

Seu agarre me aperta. — Nós podemos comer, mas você vai continuar aqui comigo.

O jeito que ele falou tem o tom mais claro de finalidade

que já ouvi. Não posso, simplesmente, ficar aqui o tempo todo. Tenho que verificar meu e-mail, pagar minhas contas, lavar roupa e outras merdas que pessoas normais fazem em casa.

— Não tenho escolha. Tenho que... alimentar meu peixe. — O quê? De onde veio isso? Por que estou mentindo, dizendo que tenho um peixe? Por que é tão difícil dizer: *"não, eu tenho que ir para casa porque tenho coisas para fazer"*? Gemo internamente pela minha mentira e falta de capacidade de me separar dele. Estou tão fodida...

— Ah, é, você tem peixe? — Ele soa cético. Ele não é idiota; ele sabe que eu não tenho a porra de um peixe, ou de um cão ou gato, ou qualquer outra coisa que precisa de alimento, amor e atenção.

— Tenho. Um desses baratinhos que vivem num aquário pequeno de vidro.

Ele me rola de costas para encará-lo e me encolho um pouco por dentro; sei que ele sabe que estou mentindo. — Qual é o nome dele?

Desvio o meu olhar quanto tento arrumar um nome. Merda. Merda. Merda. — É... hum... eu o chamo apenas de Peixe. — Dou de ombros e finjo descascar minha unha. Que confusão. Não sou mentirosa e, aparentemente, deveria me recusar a mentir para Damon. Dou uma olhada e vejo o sorriso malicioso em seu rosto.

— Ok, tudo bem. Vou com você. — Ele me libera e levanta da cama.

Observo sua bunda deliciosa enquanto ele caminha em direção ao closet. Merda. Ele não pode ir comigo. Vai querer saber onde está o maldito peixe. Ele não vai aceitar *"não"* como resposta. Tenho que achar um jeito. Saio da cama e me junto a ele no closet, e ele não para de me olhar enquanto começo a vasculhar minha, recém-adquirida, coleção de calcinhas. Pego um fio dental azul de renda e o visto. Porra, ficou perfeito. Damon vem até mim e para próximo à minha bunda enquanto escolho um sutiã. Suas mãos me alcançam e seguram meus seios enquanto ele rola cada um dos meus mamilos entre o indicador e o polegar, deixando-os duros. Fecho os olhos e recosto a cabeça em seu peito.

Seus lábios tocam de leve o meu ouvido. — Você é uma mentirosa de merda, amor.

Suspiro com a declaração quando ele belisca um pouco mais forte ambos os mamilos. Seu peito treme por causa da risada. Imbecil. Zombo dele e suas mãos caem dos meus seios. Ele está caindo na gargalhada agora.

— Ei! Cala essa boca! — Visto o sutiã e me viro para ele. Sua mão segura o abdome tanquinho de tanto que ele ri. Coloco as mãos nos quadris e faço uma carranca — Já acabou o show? — disparo.

Ele continua rindo feito um doido. — Um peixe? Quer dizer, de verdade? Amor, saiba que você é uma mentirosa de merda. Porra, isso foi engraçado. — Ele se acalma, respira fundo e dá um passo na minha direção com os braços estendidos.

Não vou abraçá-lo. Bobo. Desvio dele e continuo me vestindo.

— Ah, qual é, não fica emburrada. Está tudo bem. Eu entendi. Você precisa ir até a sua casa, mas eu quero que você fique comigo tanto quanto possível.

— Tudo bem. — Bufo de raiva.

— Além disso, você precisa dormir aqui essa noite. Tenho uma surpresa para você amanhã de manhã bem cedo.

Eu giro para encará-lo. Ele é lindo até só de cueca boxer. — Amanhã é domingo; o que poderíamos fazer de manhã bem cedo?

— Não entendeu ainda que é surpresa, gatinha linda?

Reviro os olhos. Ele está alegre demais desde que concordei em namorar com ele e acho que estar alegre significa também que ele é bem espertinho. — Tá, que seja. Vamos. Tenho contas para pagar, e-mail para verificar e tenho certeza de que a minha lata de lixo cheira magnificamente. — Coloco uma blusa de algodão de manga cavada e um jeans e dou uma rodadinha em frente ao enorme espelho. Cacete, minha bunda ficou um espetáculo nessa calça. Tenho que concordar com Brian. Os gays, aparentemente, têm uma ótima noção de moda.

Damon dá uma palmada na minha bunda; sem dúvida ele está pensando a mesma coisa que eu. — Preciso dar um aumento para o Brian — ele resmunga para si. Dou uma risada silenciosa. Ele gosta da minha bunda. Homens e sua obsessão por bundas. — Vamos lá, amor. Quanto mais rápido chegarmos lá, mais rápido voltamos. Vamos.

Sorrio e pego sua mão. Eu, particularmente, não aprecio a ideia de voltar para a minha espelunca, mas tenho que ir. Já estou fora de casa há muito tempo. Sei que ele me quer aqui esta noite e, honestamente, eu também. Já estou envolvida. E quem não estaria? Ele é o homem dos sonhos de qualquer mulher. Todas ficariam loucas por ele. Eu não sou diferente.

Enfio a chave na fechadura, abro a porta e sou imediatamente recebida pelo cheiro repugnante da sobra da salada de atum que joguei fora há dois dias. — Puta que pariu, que fedor! É o atum! — Corro até a lixeira, arranco o saco, dou rapidamente um nó e o arremesso para fora, pela porta de entrada. Vou jogar essa merda azeda na lixeira quando formos embora.

— Oh, merda, por favor, abra as janelas. — Damon caminha pela minha espelunca, abrindo as janelas que ele encontra pela frente.

— Nossa, que nojo. Tem um peixe morto na lata ou o quê? — Eu o vejo sufocar a risada às minhas custas e o encaro.

— Aham, muito engraçado — digo sem rodeios. Movimento-me pela minha casa, arrumando por alto a bagunça que encontro pelo caminho. Pego Damon observando cada movimento meu. Checo minha correspondência e rasgo a maioria, já que tudo o que costumo receber é lixo. Abro a minha conta de luz e quase caio quando Damon me gira e tira a pilha de contas da minha mão. — Ei! Isso é particular! — Tento pegar de volta, mas ele as segura fora do meu alcance. — O que você está fazendo? Devolva minhas correspondências! — Droga! É melhor ele não abrir todas. Ou então verá o quão atrasada estou com os pagamentos da conta de celular e luz e... vou morrer de vergonha.

Ele abre o meu condomínio. Estou mortificada. Sinto a porra do meu orgulho morrer e secar aos meus pés. Viro-me e caminho na direção do meu sofá vagabundo. Sento e meus ombros caem em derrota. Posso ouvi-lo folheando minha correspondência e só quero cavar um buraco e morrer. Estou atrasada com praticamente todas as contas, pois meus dois últimos contracheques foram para o lixo. Eu, literalmente, os rasguei e joguei fora. Sabia que Sutton não tinha dinheiro para me pagar, e a loja é realmente a minha paixão, então pensei que, já que ele não está recebendo um centavo, eu também não deveria receber. Foi um sacrifício que fiz na esperança de ganhar mais tempo e, quem sabe, talvez, salvar a loja. Fiquei com as contas atrasadas no processo. Fracassei em tudo.

Ele contorna o sofá e senta ao meu lado. Cruzo meus braços sobre os joelhos e me inclino para frente para esconder o rosto no colo. Sua grande mão vai para as minhas costas e esfrega pequenos círculos entre meus ombros.

— O que mais está atrasado?

Suspiro, mas sei que ele não vai me deixar mentir. — Algumas coisas — respondo com o rosto enterrado no colo e o som sai abafado.

— A loja?

Ele, aparentemente, já me conhece bem. Nunca fui tão transparente com qualquer outra pessoa. Essa abertura e merda emocional são tão fora da minha zona de conforto.

— Sim — admito com relutância. — Sutton não retirou um centavo recentemente porque a loja realmente não pode pagar. Eu sabia que ele não tinha dinheiro, então não descontei meus dois últimos contracheques.

— Você não vai mais se preocupar com nada disso, entendeu?

Ergo minha cabeça rapidamente. — O quê? Você não vai pagar minhas contas atrasadas, Damon! Eu ainda tenho um pouco de orgulho.

Seu olhar sério e mandíbula travada me dizem que estou prestes a lutar contra isso também. Droga! Não consigo ganhar nada com ele.

— Eu também, e minha mulher se preocupando com dinheiro quando tenho muito, não é algo que eu possa me orgulhar. Vou cuidar das suas finanças. Fim de discussão.

E aí está. Batalha perdida. Ótimo.

— Está bem. — Não consigo nem olhá-lo nos olhos. Isso é um novo nível para mim. Ninguém nunca pagou minhas contas. Sinto-me uma completa fracassada.

— Ei, não se atreva a sentir vergonha. O que você fez, deixando seu dinheiro para o Sutton, é admirável. A maioria das pessoas são egoístas demais para fazer uma coisa dessas. Você está cuidando do Sutton e da loja. Você é uma mulher incrível, quer perceba isso ou não.

Oh, não... por favor, de novo não. Lágrimas. Mais uma vez. Qual é o meu problema? Meu lábio treme e eu posso senti-las chegando. — Só não queria ver a loja fechar. Tentei de tudo. Juro que tentei. — Enxugo as lágrimas que deslizam pelo meu rosto. Tento desviar o olhar de Damon, mas ele não me permite. Sua mão segura meu queixo e me obriga a olhar para ele, com lágrimas e tudo. Perfeito. Tenho menos orgulho e dignidade a cada minuto.

— Vamos colocar tudo nos eixos a partir de amanhã. Não se preocupe mais.

Limpo o meu rosto e respiro fundo. Me inclino para ele e o beijo com tudo o que tenho. Quero que ele saiba que sou muito grata a ele. Não sei como tenho tanta sorte e sou muito cética em relação a isso, mas estou feliz por tê-lo mesmo assim. Posso até não ser capaz de me orgulhar da minha vida, mas estou muito orgulhosa de dizer que, pela primeira vez, tenho algo para chamar de meu. Tenho algo que sinto que posso confiar. Tenho Damon. Ser dele é algo que eu posso me orgulhar, e eu estou orgulhosa.

CAPÍTULO TREZE

Aperitivo

No momento em que terminamos de cuidar das coisas na minha casa, era hora de jantar. No caminho de volta para a casa dele, eu me ofereço para cozinhar e ele fica feliz por me ter de volta em sua cozinha. Acho que o pobre coitado gostou da caçarola de cheeseburger.

— Temos que parar no mercado. Preciso de alguns ingredientes que você não tem. Eu já olhei.

— Certo, que mercado? — pergunta ele, de um jeito tão genuíno que quase me sinto mal por rir.

Olho para ele e um bufo me escapa quando tento disfarçar a vontade de gargalhar. Ele, de fato, não sabe nada sobre fazer compras, né? — Supermercado, Damon. Sabe, aquele lugar onde se vende comida — eu ironizo.

Ele desvia o olhar da estrada por um segundo e me encara. O que só reforça a minha diversão.

— Você não sabe comprar um mantimento, não é?

Ele me olha com aquele mesmo olhar acanhado que sempre me encanta.

— Ah, você não sabe. O meu elegante e amante gostosão não sabe como se compra mantimentos no mercado, né mesmo? — digo com uma voz ridícula de criancinha.

— O caralho que eu não sei comprar mantimentos.

— Mhmm, é óbvio que sabe. Então, entre no próximo supermercado que encontrar... gostosão. — Rio baixinho novamente.

— Deixa comigo. Vou te mostrar o quão gostoso eu sou quando voltarmos, engraçadinha.

Meu estômago revira. Bem, na verdade, vibra de emoção pela ameaça. Sei que ele cumprirá o que disse e agora estou ansiosa para comprar logo o que preciso e ir embora!

— Promessas, promessas...

Ele entra em um estacionamento de supermercado e encontra uma vaga. Assim que ele abre a porta e eu saio, recebo uma palmada forte na bunda e grito, ali mesmo no estacionamento.

— Continue me provocando, amor. Amanhã você não será capaz de andar.

Minha nossa! Meu estômago foi de uma simples vibração a uma reviravolta alucinante e agora sinto o desejo de encorajá-lo. Ele pega minha mão e entrelaça nossos dedos. É uma sensação gostosa, como se fizéssemos isso há um milhão de anos e fosse apenas uma parte de quem eu sou. Ele está certo quando diz que, quando me viu, sentiu como se estivesse começando a respirar. Faz parecer que respirar, viver e todas as coisas boas estão certas no mundo; parece a realização de um sonho e morro de medo de acordar.

Caminhamos pelos corredores e pego as coisas que precisarei para fazer o nosso jantar.

— O que você vai cozinhar? — ele pergunta, colocando diversos itens no carrinho de compras. Ele parece uma criança numa loja de doces.

— Filé de frango à *Cordon Bleu*. Meu pai fazia muito, mas nunca teve a chance de me ensinar, então aprendi sozinha. Tento fazer igual ao dele. Acho que chego bem próximo.

— Ah.

Ah? Sério? Sem piruetas para o meu *Cordon Bleu* especial? Droga. Acho que meu homem tem preferências por mulheres e comidas simples. Sorrio por dentro e continuamos caminhando pelo mercado. Assim que pegamos todas as coisas que preciso e Damon paga, voltamos para a cobertura para que eu possa fazer o jantar.

Inspeciono todos os aparelhos, engenhocas e panelas. Essa cozinha é realmente um sonho; eu poderia cozinhar aqui todos os dias. — Ei, posso cozinhar aqui todos os dias? — medito em voz alta.

— Você quer vir pra cá todos os dias?

Oh, merda. Que vergonha. Ele me quer aqui todos os dias? Não quero que nenhum de nós tenha o espaço pessoal invadido.

— Porque se fosse por mim... — Damon contorna a ilha, no meio da cozinha, e caminha na minha direção, o conflito estampado em seu lindo rosto — eu te manteria aqui o tempo todo. Seja como minha mulher ou minha prisioneira, isso não importa. Ainda assim te manteria. Bem. Aqui. — Ele tamborila um dedo na bancada e minhas sobrancelhas se erguem, em confusão. Ele não faria isso! Espere. Provavelmente sim.

— Você faria isso, né?

Um sorriso maroto aparece em seus lábios e ele me agarra pela cintura e me coloca em cima do balcão. — Você está aprendendo rápido, meu amor.

Adoro ouvir quando ele fala assim. — Eu amo isso — sussurro ofegante, seus dedos deslizando levemente dentro da minha coxa. Meu corpo responde ao seu toque rapidamente, e sinto o calor da minha excitação por ele deixar minha carne escorregadia.

— Você ama o quê?

Sei que ele está me provocando, mas me derreto toda com o toque magistral de suas mãos trabalhando meu corpo. — Quando você me chama de amor. — Meus olhos rolam para trás quando as pontas dos dedos exploram mais acima da minha coxa, perto da junção entre as minhas pernas. Inalo bruscamente quando suas mãos vão para trás de ambos os joelhos, me abrindo mais amplamente para acomodar seus quadris.

— Diga isso de novo.

Eu posso sentir sua respiração quente no meu rosto e meu corpo cantarola em resposta ao seu toque, sua voz e seu cheiro. Estou completamente à sua mercê e adoro. — Amo quando você me chama de amor — repito.

Seus dedos brincam no meu centro vibrante e deslizam para baixo do meu short. — Posso sentir o quanto você gosta. —Seu polegar começa a esfregar pequenos círculos, lentamente, no meu clitóris e gemo quando minha cabeça tomba para frente, e descansa em seu ombro musculoso. — Diga-me por que você gosta quando eu te chamo de amor.

Eu não consigo pensar, só sentir. Sinto o cheiro dele e a sensação. É extasiante. A velocidade da fricção aumenta e meu coração acelera. — Ah... eu só... gosto — gaguejo.

Seus movimentos diminuem e me sinto frustrada.

— Uh-uh. Diga-me.

Droga! Ele vai me torturar até que eu diga. — E... eu não sei! Eu só gosto.

Seus movimentos diminuem ainda mais e quero chorar e bater nele, tudo ao mesmo tempo.

— Diga-me, Josephine — ele rosna em meu ouvido.

— Porque isso me faz sentir como se eu fosse realmente sua! — choramingo.

— Não se esqueça disso também — ele ruge quando me empurra para trás, me deitando no balcão. Minhas costas atingem a superfície de granito com um baque. Nem sei como, mas, quando me dou conta, estou sem meu short e calcinha, e a boca inspiradora de Damon está em minha boceta negligenciada.

— Oh, meu Deus, oh, Damon — eu gemo. Minha cabeça rola de um lado para o outro e a sua pecaminosa língua desliza dentro e fora, para cima e para baixo. Nunca gozei tão rápido. Sinto meu estômago comprimir. Minhas bochechas parecem que estão pegando fogo. Minhas extremidades estão zumbindo com uma sensação de formigamento que viaja por todo o meu corpo. — Ah! Damon! — grito seu nome e vejo estrelas. Convulsiono sem parar em cima do balcão. Estremeço e tremo enquanto puro prazer rola através de mim.

Damon fica em pé de sua posição agachada entre as minhas coxas, com um impertinente sorriso no rosto.

— Nem pense em se gabar, cara!

— Só diga mais uma vez. Por favor, amor — ele ronrona e ele dá o recado. Eu sou patética.

— Isso me faz sentir como se eu fosse realmente sua.

— De quem? — ele provoca.

— Sua — murmuro.

— Mais uma vez. De quem? — Ele coloca um dedo atrás da orelha para zombar que não está ouvindo.

— Sua. Agora cai fora, gostosão.

Ele ri e, em seguida, pressiona seus lábios carnudos nos meus. Eu mal o beijo e ele resmunga pela minha revolta. — É melhor você me beijar, mulher.

— Não! Não é justo como você me manipula. — Faço beicinho como uma criança mimada e mascaro a minha melhor carinha triste.

— Vamos, mulher. Pare de fazer beicinho e faça o meu jantar. Exatamente assim como você está agora.

— Pensei que você tivesse acabado de jantar — atiro como se fosse um campeonato de jogo de sedução. Ele pisca e minha tendência sabichona se evaporar no ar. Puta merda. Ele é tão bom nesse jogo. Suspiro profundamente e limpo o balcão, onde ele teve o seu... aperitivo. Volto a preparar o nosso jantar, nua da cintura para baixo. Quando termino de colocar nossa comida no prato, exijo vestir minha calcinha enquanto janto. Comer uma refeição quente enquanto minha parte de baixo está sem roupa é quase... perigoso. Damon viu o meu jeito quando eu mencionei as consequências de uma vagina queimada.

Corto no meu prato um pedaço de *Cordon Bleu* e encho a boca. Está de matar, assim como meu pai costumava fazer. Damon dá a primeira mordida e mastiga lentamente. Espero que ele goste.

— Isso está incrível. Você é uma cozinheira fantástica.

Seu elogio me deixa radiante como uma adolescente apaixonada.

— Eu gostaria de ter podido conhecer seus pais. — Ele olha para o prato e rola a haste do garfo entre o indicador e o polegar, fazendo com que os dentes do garfo girem.

— Eu também gostaria que você os tivesse conhecido — eu admito. De verdade. Eu gostaria que eles pudessem ter conhecido esse homem lindo que está se enraizando tão facilmente em meu coração. Gostaria que pudéssemos ter aqueles malditos jantares de família aos domingos, que a maioria das pessoas teme. Eu mataria para ter uma noite de carteado em família, na qual nos reuniríamos para jogar com dinheiro falso. Desejo que eu não fosse tão fodida, então talvez eu me permitiria ter marido e filhos... Desligo-me rapidamente dos meus pensamentos estúpidos quando sinto formar um nó na garganta. Minhas emoções andam fora de controle, ultimamente. O resto do jantar passa em silêncio. Tenho a sensação de que essa merda emocional envolvendo família é uma zona desconhecida para nós dois.

— O jantar estava excelente. Obrigado.

Sorrio quando ouço esse simples elogio que vai direto para o meu coração, me dando uma sensação calorosa, que estou começando a gostar. Bastante. Sorrio para a pilha de pratos que estou carregando para a máquina de lavar. — De nada. Obrigada por me deixar cozinhar em uma cozinha de verdade. Eu adorei.

— Meu amor, você é a única mulher que já cozinhou uma refeição aqui, e, se depender de mim, você será a última.

Eu congelo no lugar e olho para ele com os olhos arregalados. — O quê?

Ele dá a volta no balcão e para bruscamente ao meu lado. — Nada. Deixe eu te levar para a cama. — Ele tira o prato sujo da minha mão e fecha a máquina de lavar louça, então envolve o braço em volta da minha cintura. Sua mão repousa sobre meu quadril e subimos as escadas em silêncio.

O que ele acabou de falar? A única? O que dizer sobre isso? Eu quero ser a única mulher que já fez uma refeição na cozinha dele? Meu coração está acelerado. Sinto-me um pouco perdida.

— Não pense demais, Josephine. Eu não queria te assustar.

Respiro profundamente, aliviada. Meu lado racional diz que isso tudo é completamente estranho e está acontecendo muito rápido; afinal de contas, acabamos de nos conhecer. Ele simplesmente insinuou de eu morar aqui... ou algo assim. Mas o meu coração está feliz pra cacete. Estou tão confusa... Eu preciso dormir. O sono deve ajudar a arejar minha cabeça. Sem dizer uma palavra, ele nos leva para o banheiro e liga o chuveiro do tamanho de um lava-jato.

— Você tem um chuveiro complicado — digo, enquanto retiro a roupa e o deixo me puxar para dentro do box. Ele nos posiciona sob o spray quente e inclino a cabeça em seu peito; eu poderia muito bem cair no sono assim.

— Cansada?

— Cansada. Satisfeita. Completa. E totalmente saciada. Acho que preciso dormir um pouco.

Ele me segura em seu peito enquanto suas mãos alcançam o gel de banho. Ele aperta um pouco em suas mãos e faz espuma. Então, espalha o sabão pelo meu corpo cansado; desfruto do cheiro do gel e da sensação de suas mãos em mim. Sua mão ensaboada desliza entre as minhas coxas e gentilmente me limpa. Estremeço um pouco com a sensação dolorida que ganhei pelo nosso sexo na biblioteca.

— Dói?

— Um pouco — admito.

Ele faz um barulho baixinho de desaprovação. — Parece que eu preciso ter mais cuidado com a minha mulher.

— Quem sabe... Talvez não.

Ele me olha com tanta ternura, que me consome. — Deixe que eu decida sobre isso.

Dou ao meu cabelo uma lavagem meia-boca, enquanto o observo ensaboar seu cabelo bagunçado. Seu olhar afetuoso permanece em mim, e observa enquanto passo o condicionador e, em seguida, enxaguo meu cabelo. Saímos do banho e nos enxugamos. Ando com pressa para o closet para pegar algumas roupas; sinto frio depois de um banho fumegante.

Damon vai atrás de mim. — Se você está com frio, amor, eu te esquento. — Seus lábios pousam no meu ombro e ele nos guia, nus e úmidos, para a cama. Ele puxa o edredom e deitamos. Minhas costas contra seu peito. Ele envolve o seu corpo nu no meu e o calor entre nós me aquece em pouco tempo. Os arrepios vão embora e o tremor dos meus dentes cessa. Respiro fundo e me aconchego mais perto dele. Minhas pálpebras se tornam chumbo e sinto o sono me dominando.

— Eu amo isso — murmuro vagamente.

Seus braços em volta de mim apertam e os lábios beijam a borda da minha orelha. — Espero que sim — ele sussurra e relaxo ainda mais.

Capítulo Catorze

Aprendendo a ser uma dama

— Acorde, linda.

— Uh-uh. Vá embora — eu resmungo com a cara enterrada no travesseiro. Por que ele está me acordando tão cedo num domingo? A surpresa! Viro rapidamente para cima, na cama. Avisto-o vestindo calça e camisa social, com as mangas arregaçadas. A aparência de seu cabelo, que é a sua marca, está um aglomerado escuro de desleixo, que nenhum outro homem poderia usar de forma impecável. Observo o rosto barbeado e resmungo baixinho. — Você se barbeou.

Ele sorri, sem dúvida se divertindo com o meu humor. — Venha. Temos uma manhã movimentada. Muitas decisões para tomar, por isso, vamos lá, mulher, ou vou te amarrar e bater nessa sua bunda linda.

— Eu não sei. É tentador — confesso em voz alta.

Sua cabeça balança em sinal de desaprovação. — Se você nos fizer atrasar para esta reunião, eu juro, Josephine, você vai ficar muito mais dolorida do que já está.

Minha nossa, ele tem a capacidade de me deixar com tesão em meros dois segundos. — Ok, tudo bem. O que vamos fazer, afinal? — Rolo para fora da luxuosa cama e, cambaleando com as pernas rígidas, vou até o closet. Sinto-o me seguir. Ando até o cabideiro e deslizo cada cabide.

— É surpresa — diz ele simplesmente.

Ótimo, uma surpresa. Com Damon, poderia ser qualquer coisa. Suspiro e puxo um vestido de verão amarelo pálido, sem mangas e o enfio pela cabeça. Inclinando-me para a minha nova coleção de sapatos de salto, procuro outro par de anabelas. Damon observa.

— Você precisa aprender a andar de salto alto. Você é minha mulher. Iremos a festas e eventos sociais por toda a cidade, e você terá que usar saltos. Agora, coloque estes. — Ele se inclina e pega um par de saltos que me fazem estremecer.

Olho de volta para ele e revivo uma ferramenta de comunicação há muito tempo perdida: meu sorriso inocente suplicante. Usava-o com *papa* e tinha grande sucesso. Agora, experimento-o com Damon.

— Não! Coloque-os.

— Vou tropeçar e cair. A maioria das garotas aprende a andar de salto na adolescência. Eu nunca tive essa lição. — Tudo bem, eu sei. Golpe baixo jogar na cara os pais mortos, mas eu realmente não quero usar estes.

Seu queixo retesa e ele claramente está perdendo a paciência comigo. — Você vai aprender agora. Coloque. Eles. Já — ele range os dentes cerrados.

Eu os pego da mão dele com tanta relutância e desdém quanto consigo. — Tudo bem! — eu cuspo, sento no chão, sem me preocupar em ser elegante, e enfio um pé depois do outro nos saltos de tiras. Tenho que admitir, eles ficaram ótimos. Viro meus pés de um lado para outro e fico de pé. Uau! Eu meio que me sinto uma babaca completa.

Ele ergue uma sobrancelha e cruza os braços. — Acho que não são tão ruins quanto você pensou.

Abro um sorriso tímido, pela primeira vez em toda a minha porcaria de vida. Fiz tempestade num copo d'água. Eles não doem e meu equilíbrio é bom. Quem foi o filho da puta que disse que para usar salto tem que aprender a ser uma dama? — Sinto-me meio idiota — murmuro baixinho. — Eles não são ruins. São elegantes e muito confortáveis.

Damon sorri triunfantemente e zombo internamente da sua arrogância descarada.

— Nada de esfregar isso na minha cara, gostosão!

Ele assente rindo e me puxa para abraçá-lo. Beija a minha testa e fecho meus olhos, inalando seu perfume. Sabonete e um pouco apimentado. Eu gosto.

— Vamos lá. Termine de se arrumar para comermos e irmos para a surpresa.

Corro para o banheiro, penteio meu cabelo e aplico a maquiagem em questão de segundos. Não me passa desapercebido que me dediquei mais em aplicar a minha maquiagem. Impressionar Damon parece ser minha prioridade, ultimamente. O que é um absurdo e o oposto de mim, mas tudo o que tenho feito nos últimos dias é totalmente diferente de mim. Dou mais uma olhada no espelho antes de sair da suíte para encontrar meu gostosão na porta da frente.

— O que estamos fazendo aqui? A loja fecha aos domingos. — Olho para o elegante perfil de Damon enquanto ele estaciona na frente da loja.

— Exatamente. Vamos lá. — Ele dá um tapinha na minha coxa e salta da picape.

Ainda acho estranho um homem como ele dirigir uma picape. Não importa. Ele abre a minha porta e me agarra pela cintura para me levantar da grande picape. E cuidadosamente me coloca de pé; apesar do meu nervosismo, fiquei chique de salto. E quem foi o infeliz que disse que Josephine Geroux não pode usar salto alto muito bem? Ele segura minha mão e caminhamos, de mãos dadas, para a loja.

— Quem... o que... — Fico boquiaberta enquanto olho ao meu redor. Observo meia dúzia de homens carregando tudo para fora da loja pela porta dos fundos. Estou tão atordoada que nem sei o que pensar.

— Está nas suas mãos agora. Tudo está sendo reformado e atualizado. Você precisará montar estoque e falar com o decorador.

— O q... e...

Damon sorri e me dá um tapinha nas costas.

Estou sem palavras. Não consigo acreditar no que estou vendo. Durante anos, eu implorei a Sutton para descobrir uma maneira de reformarmos a loja. Tudo foi reformado da pior maneira. Nosso piso é uma merda, o nosso teto é de merda, o nosso mobiliário é uma merda, nossas prateleiras; tudo.

— Temos coisas novas? — sussurro me inclinando na direção dele.

— Sim.

Eu tenho que sair daqui. Não consigo fazer isso. Dou meia volta nos meus saltos, como se já tivesse feito isso um milhão de vezes, e corro em linha reta para a porta, passando sem parar por ela. Meu lábio treme e eu poderia sufocar com o nó na garganta.

— Josephine! — Damon grita atrás de mim.

Sinto-o me seguir; não leva muito tempo para ele me alcançar, enquanto corro pela calçada, para longe da loja. Não entendo por que ele está fazendo isso. A loja nem é um empreendimento lucrativo ou algo parecido. Estou chocada e grata, mas tem que ser uma pegadinha. Nada que é perfeito acontece do nada.

— Para de correr! Se você quiser as coisas antigas, mando colocar tudo de volta.

Balanço a cabeça negativamente e continuo lutando para conter as lágrimas. Eu odeio chorar, porra. Só faço isso uma vez por ano, pelo que me lembro, mas, desde que conheci Damon, tenho chorado a cada cinco minutos. Quando foi que eu me tornei um maldito bebê chorão?

— Ei! — Sua mão grande agarra o meu braço e interrompe a minha fuga. — Fale comigo — ele exige.

O vinco entre suas sobrancelhas é profundo, e de repente me sinto uma grande idiota. Mais uma vez. Droga. Eu deveria estar cobrindo seu rosto de beijos e expressando minha eterna gratidão, mas, em vez disso, eu o fiz pensar que não gostei.

— Como você fez isso? Aqueles homens? Hoje é domingo.

Ele libera meu cotovelo e põe as mãos nos quadris quando vê que não vou fugir. — Esta equipe trabalha pra mim o tempo todo. Eles vão receber pelas horas extras, confie em mim.

— Eu... isso é muito bom pra ser verdade. *Você é* bom demais para ser verdade — murmuro.

O polegar e o indicador dele levantam meu queixo, me obrigando a encará-lo. — Você está errada, meu amor. Apenas estou fazendo o que eu quero, para você; para te fazer feliz. Então, você não vai perder a loja; comprei-a para que você possa administrá-la. Se você e Sutton puderem chegar a algum acordo, ele poderá ficar na folha de pagamento também. E quanto a eu ser bom para você? Eu só quero que você me queira e precise de mim, tanto quanto eu quero e preciso de você.

— E se... eu não conseguir fazer isso dar certo?

— A loja ou nós?

— Ambos — eu admito. — *Acabamos* de nos conhecer.

Seus olhos cor de âmbar são luminescentes à luz do sol, e eles assumem um semblante que eu ainda não tinha visto, o de paz. Estou plenamente e irrevogavelmente fascinada por ele. Seu polegar acaricia meu queixo suavemente, fazendo círculos delicados, um após o outro, e começo a relaxar sob seu toque.

— Você não está tentando me comprar ou me prender a você, me chantageando com a loja, está?

— Não. A livraria é a sua paixão, e tenho fé que suas ideias para atrair clientela são boas. Quanto a nós? Só posso responder por mim, mas sinto como se eu te conhecesse desde sempre. Sei que podemos dar certo, porque falhar não é uma opção.

— Como você consegue ser tão confiante o tempo todo?

Sua mão cai do meu queixo. Dou um passo à frente, em seu espaço, e envolvo meus braços em sua cintura. Seus braços também me envolvem e sinto que agora posso respirar, após o nó na minha garganta.

— Sou confiante quando sei que estou certo, e estou certo sobre você.

— Você é a melhor coisa que já aconteceu na porcaria da minha vida.

Seus braços me apertam quase dolorosamente e sinto seu coração bater mais rápido. Eu o espreito através dos meus cílios e ele parece que está passando mal. Oh, merda, eu fiz o único namorado que já tive sentir náuseas.

— Você está passando mal? — pergunto enquanto me retiro do seu aperto.

Ele nega com a cabeça. — Não, não, eu estou bem. Você só me assustou quando saiu correndo. Pensei que tivesse te chateado. — Ele entrelaça seus dedos nos meus e me puxa para a frente. — Vamos lá, a loja está esperando!

Damon se inclina e me beija docemente, em seguida, caminhamos de volta para o caos que está a livraria, onde um homem de aparência rude está de pé com alguns outros trabalhadores. — Dê-me um minuto, eu tenho que falar com o gerente do projeto.

— Puta merda, Jo — murmuro para mim mesma, olhando ao redor. A loja parece enorme sem nada dentro. Tenho tantas ideias incríveis para o lugar, para torná-lo mais atraente e sedutor para essa geração mais jovem de leitores. Admito que ainda estou muito chocada com tudo isso, mas extremamente feliz. Amo essa loja. Damon estava certo quando disse que o caminho para o meu coração seria por este lugar, porque agora, francamente, eu amo esse homem pelo que ele fez! Eu poderia passar o resto da minha vida tentando expressar minha gratidão, mas ainda seria pouco. Simplesmente não há nenhuma maneira de agradecê-lo o suficiente por aceitar a mim e ao meu pequeno mundinho de merda. Ainda não entendo por que diabos ele está tão agarrado a mim, mas, neste momento, não me importa julgar e ser racional. Ele é a primeira coisa boa que me aconteceu em muito, muito, muito tempo e, meu Deus, pretendo cair dentro dessa felicidade. Não há garantias de quanto tempo isso vai durar. Só de pensar na possibilidade de terminarmos nossa relação, me faz querer me encolher e me esconder, mas tenho que deixar essa preocupação de lado. Pelo menos, por agora.

Capítulo Quinze

Vó

Damon tem estado muito calado desde que saímos da loja. E me sinto horrível por não demonstrar mais sobre o quanto aprecio o que ele fez. Porra, eu quero que ele saiba; preciso que ele saiba. Aquele lugarzinho no peito que me deixa empolgada e sentimental quando ele faz determinadas coisas não sente nada disso agora. Está um pouco dolorido e não gosto nada disso; sinto que o aborreci. Ele se fechou para mim e eu tenho que consertar isso.

Ele disse que, aos domingos, visita a avó no lar de idosos, então eu relutantemente concordei em ir com ele. Conhecer a avó dele está me deixando nervosa. Nunca namorei ninguém, por isso conhecer a família é apavorante. Ele me disse que ela é realmente maravilhosa, mas não consigo deixar de me sentir uma pilha de nervos.

Estacionamos numa bela casa de repouso, então ele desliga o motor e contorna a picape para me pegar. Ao abrir a minha porta, sinalizo com o dedo para ele se aproximar. Dando um passo à frente, seguro-o pela camisa e o puxo para mim. Segurando seu queixo angular e me inclinando, pressiono os lábios com força nos dele, tentando transmitir o que sinto.

— Obrigada — murmuro em seus lábios.

Uma grande mão viaja até meu pescoço e em volta

da minha nuca, entrelaçando em meu cabelo. Ele geme em minha boca e aprofunda o beijo, devorando-a profundamente. Sua língua úmida desliza pelos meus lábios e para dentro. Recebo com prazer seu beijo exigente, gemendo e saboreando o gosto. Ele se afasta e me deixa querendo mais.

— Temos mesmo que visitar a vovó? — resmungo igual a uma criança.

Ele ri e me levanta da picape — É vó. Apenas vó.

— Eu sei, eu sei, tanto faz. — Aliso meu vestido para baixo nas minhas coxas e bunda. Ele estende o braço para mim e pego sua mão. Respire fundo, Jo, você consegue.

— Vó?

Nós entramos em um quarto que seria melhor classificado como uma suíte. Este é o lar de idosos mais extravagante que já vi. Nunca vi nenhum, na verdade, mas esse parece mais um hotel cinco estrelas do que um lugar para pessoas idosas definharem. Há duas janelas grandes na parede ao fundo com cortinas florais bem abertas, que permitem a entrada de luz natural. Fotografias emolduradas estão apoiadas em cada superfície. Olho para cada uma delas, enquanto caminhamos mais para dentro. Elas parecem ser todas de Damon, uma garota, e um outro homem. Quem são essas pessoas?

Uma mulher idosa de aparência frágil está em uma cama hospitalar. Ela é magra, com suave cabelo branco, curto, e há um vaso de rosas sobre a mesa lateral. Sinto uma súbita vontade de sair correndo, agora. Eu não quero estar aqui; ela parece como se fosse morrer amanhã.

— Vó? — Damon chama baixinho, suponho que seja

para não assustá-la.

Ela senta-se reta e abre os olhos; posso ver agora que essa mulher está longe de morrer! Seu corpo parece fraco, mas há luz em seus olhos; ela parece especialmente jovem no olhar. São de um azul cristalino que brilha quando ela vê Damon diante dela.

— Rapaz, traga seu traseiro até aqui e abrace sua avó!

— Vó, hein? — murmuro.

Seus olhos pousam em mim e me sinto em pânico. Suas sobrancelhas se erguem em questionamento e, no momento certo, meu gostosão responde.

— Vó, esta é a minha namorada, Josephine Geroux. Josephine, esta é minha avó, Bernice Cole.

Estendo a mão para ela e a agito delicadamente. Ela olha para Damon e zomba.

— Você não repita esse nome horrível. Bernice! Dá para acreditar que meus pais fizeram isso comigo?

Seu radiante olhar azul pousa em mim e, juro por Deus, me apaixono instantaneamente. Esta mulher parece uma versão mais velha de mim. Posso me ver nela. No minuto em que seus olhos abriram, eu senti isso. Ela é mal-humorada e eu a adoro. Já me sinto em casa. É estranho, mas sou grata por me sentir à vontade. Sorrio em resposta ao seu comentário sobre o nome dela.

— Você está certa, é uma merda de nome — admito.

Seu sorriso se propaga mais e sua dentadura,

excessivamente grande, me faz rir ainda mais alto. — Gostei dessa garota, Damon. Onde você a conheceu?

Seu sorriso é como o paraíso. Ele observa a avó e eu nos dando bem, como velhas amigas, e seu humor muda drasticamente. — Numa livraria. Ela estava lutando com um ladrão.

Ele está exagerando e contraio o rosto em resposta. Rei do drama.

— E então? — A vó me olha com expectativa.

Levanto as sobrancelhas e olho ao redor em confusão. — O quê? — questiono.

— Você chutou a bunda do ladrão?

Seguro minha barriga e inclino para frente em um ataque de riso. Damon segue o exemplo com uma alta gargalhada. Suspiro e enxugo as lágrimas dos cantos dos olhos.

— Ele está mentindo pra você; eu só espantei o bundão da loja. Mas peguei o livro de volta, apesar disso — digo com orgulho.

— Muito bem! Excelente!

Definitivamente, estou louca por essa mulher. Posso ver porque Damon tem uma tolerância para as minhas besteiras. Sua avó é minha irmã gêmea, só que mais velha. Sinto-me um milhão de vezes melhor sobre essa coisa de namorada conhecer a família. Acho que gosto dessa rotina de domingo; eu poderia ficar com a vó o dia todo.

— Ei, eu poderia passar aqui para te visitar amanhã?

Posso te fazer o almoço e trazer? — Minha boca tem vontade própria e as palavras escapam antes que eu pense melhor. Que diabos deu em mim?

Então, seu rosto se ilumina e não me arrependo da minha oferta.

— É um encontro, mas só se você me trouxer um saco daqueles amendoins doces. Você sabe, os grandes, macios e laranjas. Este meu neto não me traz nada dessas coisas. — Ela mostra a língua para ele e dobra suas mãos magras no colo.

Meu sorriso amplia. — Quer saber? Vou te trazer uma caixa cheia deles, se você me contar tudo sobre o gostosão aqui. — Aponto meu polegar para Damon e ele resmunga.

— Nem pensar. Claro que não. Vocês duas, nada de conspirarem.

O resto da nossa visita a avó passa rápido demais para o meu gosto e realmente franzo a testa quando ele diz que temos que deixá-la descansar. Nos despedimos e prometo que voltarei amanhã. Damon e eu andamos de mãos dadas até a picape.

— Foi tão ruim quanto você pensou?

— Não — admito com relutância.

— Então você quer dizer que eu estive certo duas vezes hoje?

— Sim — murmuro.

Ele dirige de volta para o apartamento e relaxo no lugar, me preparando para o "seu" homem das cavernas acariciar o ego. Ele esteve certo duas vezes seguidas; exagerei nas duas vezes e me senti uma completa idiota.

— Então o que eu ganho por estar certo?

Encaro-o como se ele tivesse enlouquecido e vejo seu sorriso torto. Meu orgulho não é páreo para esse maldito sorriso. Ou seus olhos cor de mel, ou seu olhar acanhado, e especialmente aquele extraordinário pau... Parece que eu estou à sua completa mercê praticamente o tempo todo. Quer saber? Isso pouco importa. Sou louca por ele. Não posso negar, nem mesmo para mim.

— É surpresa. — Ele sorri ainda mais intensamente e sinto vontade de rastejar para cima dele, por cima do console da picape, quando ele resmunga para mim.

— Não me provoque, mulher.

— Eu não estou te provocando, amor. Você merece muito, depois do que fez hoje.

Ele me encara e seu olhar é caloroso e terno. Não quero nada mais do que expressar a minha gratidão, da melhor maneira que eu sei. Sexo. Longo, sensual, cheio de desejo e com muito tesão. Planejo fazer exatamente isso.

Capítulo Dezesseis

Par perfeito

Caminhamos de mãos dadas pelo hall de entrada do prédio de Damon, indo diretamente para o elevador, quando Howard nos faz parar.

— Chefe?

Damon para e se vira para Howard, que gesticula. Damon me arrasta com ele para a mesa do segurança. — Oi, Howard, algum problema?

O homem de meia idade me olha apreensivo e sinto que eu deveria lhes dar um pouco de privacidade. Não preciso ou quero saber o que ele tem a dizer. Afasto-me gentilmente, mas Damon aperta minha mão, me detendo.

— Errr, bem, Edward veio aqui, mais cedo.

Damon cerra a mandíbula, demonstrando irritação. Quem é Edward e por que sua vinda aqui irritou Damon?

— Chefe, ele estava bêbado novamente. Fez uma grande cena. Levei meia hora para convencê-lo a ir embora.

Damon assente com força. — Obrigado, Howard. Cuidarei disso.

Caralho, seu humor está de volta a ficar calado e tenso. Preciso descobrir quem é esse cara, mas vou esperar até que surja uma oportunidade; agora não é o momento. Agora é hora de me esforçar ao máximo para deixar Damon feliz de novo, porque, embora ele seja um tesão, o Damon irritado tem que ir embora. Entramos no elevador e ele dá um soco no código, com uma força adicional. Sei que não deveria me preocupar, mas não consigo evitar.

— Você está bem? — pergunto, fazendo círculos em sua mão, com meu polegar, de forma tranquilizadora. Ele me olha e a raiva nos olhos dele me assusta. Estou assustada por muito pouco. Já vi e fiz o meu quinhão de merdas, mas o tipo de raiva que vejo em seus olhos é a do tipo que faz um homem matar alguém. Isso me assusta.

— Estou. — Sua resposta é curta e grossa e uma mentira deslavada, mas opto por deixar para lá.

O elevador chega e as portas se abrem. Ele caminha para o hall de entrada me carregando junto.

— Eu preciso dar um telefonema. Estarei no escritório. Sinta-se em casa. — Ele se inclina, me dá um beijo casto nos lábios e vira, andando pela cobertura, em direção ao escritório.

Estou de pé, sozinha na enorme sala de estar. É fria e pouco convidativa. Não gosto dessa merda moderna. Dirijo-me para a cozinha e fuço pelos armários. O que fazer para o jantar? Hmm. Um barulho alto de algo quebrando emana do final do corredor e eu congelo no lugar. Que diabos foi isso? Tiro meus saltos e os deixo ao lado da ilha de cozinha, e caminho em silêncio em direção ao barulho. Ouço gritos abafados. Continuo pelo corredor largo. A gritaria me guia até o final dele, onde vejo uma porta entreaberta. Dou um passo até a porta e espio por ela.

— Eu te disse que foi a última vez! Disse que não teria mais! — Damon grita ao telefone. Puta merda, ele é intimidante quando está irado. Seu punho bate em cima da mesa de madeira maciça. — Quem diabos você pensa que é, vindo na minha casa?!

Ele está praticamente berrando agora, e meu coração dispara. Meu lado racional grita pra eu me mexer, para fugir, mas meu corpo está congelado no lugar.

— Sim, bem, da próxima vez que eu te ver em qualquer lugar perto da minha casa, juro que eu mesmo te mato. Você nem terá que se preocupar em chamar o seu pessoal, porque vou vencer todos eles. Acho que eu já deveria ter feito isso, de qualquer forma, seu desgraçado filho da puta! — Ele bate o telefone na base e passa as mãos trêmulas pelo cabelo.

Pobre Damon. Foi aquele tal cara, o Edward. Minha mão se move involuntariamente e abre a porta do escritório. Sua cabeça se vira na minha direção, onde estou de pé e mantemos o nosso olhar bloqueado por um bom tempo. Meu gostosão está tremendo e perturbado. Nem sei quem é esse Edward, mas já o odeio. Ando até onde ele está, de pé atrás de sua mesa. Sinto um desejo instintivo de confortá-lo; é reflexivo e parece ter surgido do nada.

Sua grande estrutura se joga pesadamente na cadeira.
— Eu não quero falar sobre isso — afirma categoricamente. Sua voz está um pouco rouca de tanto gritar.

Suspendo meu vestido para que eu possa montar no colo dele com facilidade. Mesmo que meu coração esteja acelerado, não quero nada mais do que acalmá-lo. Quero resolver qualquer problema. Quero fazê-lo se sentir melhor. É um absurdo, eu sei, mas é isso que quero. Inclino para frente e, suavemente, beijo a ponta do queixo dele, meus braços em volta de seu pescoço, e me agarro nele com firmeza. A proximidade de nossos corpos parece acalmar o clima tenso, e seus braços vêm ao redor da minha cintura e ele me abraça.

— Eu não quero te assustar, e foi isso que eu fiz — ele diz baixinho.

Passo meus dedos pelo seu cabelo escuro e espesso e me inclino para trás, o suficiente para olhar nos olhos dele. — Eu não tenho medo de você.

Alívio inunda seu rosto e isso quebra ainda mais a porcaria do meu coração endurecido; uma pontada clara de simpatia reverbera através do meu peito. Eu me inclino e beijo seus lábios com uma intensidade desenfreada. Suas mãos deslizam para cima das minhas costas para se emaranharem no meu cabelo. Ele envolve rapidamente meu cabelo ondulado em torno de seu punho fechado. Nosso beijo é interrompido quando meu cabelo é puxado, fazendo com que minha cabeça se incline para trás. Sua boca brinca no meu pescoço, os lábios quentes e úmidos me beijando apaixonadamente. Seu punho aperta no meu cabelo, me fazendo gemer. Ele me libera e aproveito a oportunidade para fazer o que quero. Esfrego-me uma vez contra sua ereção, em seguida, deslizo de seu colo. Beijo seus lábios mais uma vez, antes de ficar de joelhos diante dele. Ele parece um homem de comando, e estou tanto ligada quanto amedrontada, com a percepção de que gosto dele por cima de mim. No comando. No controle.

Empurro o meu medo de lado para um momento posterior. Meus dedos vão para o cinto dele e habilmente o desafivelo, desabotoo e abro o zíper da calça para libertar seu pau impecável. Ela surge e se projeta para fora em direção ao meu convite. Fecho a mão ao redor de sua circunferência e acaricio da base até a ponta e de volta à base. Repito o movimento e o observo atentamente. Seus olhos estão semicerrados, mas permanecem em mim. Me aproximo mais de sua cadeira e lhe dou um último olhar antes de deslizar a língua da raiz à ponta. Minha língua gira ao redor da larga cabeça de seu pênis e ele geme. Sinto seu corpo ficar tenso e então relaxar. Eu o levo em minha boca e fecho os lábios em torno de seu comprimento suave e sedoso. Um gemido gutural vibra por ele quando o enfio profundamente na minha boca, na parte de trás da minha garganta, depois para a frente novamente. Tiro-o da boca e beijo a ponta, coletando uma solitária gota de umidade. Lambo o resíduo dos meus lábios e aprecio o gosto. O cheiro e o gosto dele são uma combinação inebriante que faz meu ventre apertar deliciosamente. Levo-o profundamente em minha garganta passo após passo. Acaricio a base do pênis enquanto meus lábios deslizam firmemente em torno dele; minha língua dá leves pancadinhas, ocasionalmente, na ponta e massageia a zona sensível na parte de baixo do seu eixo.

Sua mão acaricia minha bochecha e sobe para a minha cabeça, onde seus dedos entrelaçam em meus cabelos. Eu o chupo com fervor até que o sinto aumentar e retesar na minha boca, então suavizo meu movimento e engulo toda a sua liberação quente. Seus quadris projetam para frente enquanto ele derrama na minha boca. Lambo lentamente seu comprimento, deixando-o limpo.

Nunca fiquei tão excitada na minha vida. Estou desesperada para tê-lo dentro de mim. Ele lê a minha linguagem corporal e levanta de seu assento, erguendo-me junto. Envolvo minhas pernas em volta de sua cintura e o abraço como se minha vida dependesse disso, então ele sobe rapidamente as escadas. E, de novo, chuta a porta do quarto e me coloca, com reverência, na cama. Rapidamente ele tira a roupa e depois, mais rápido ainda, tira meu vestido, sutiã e calcinha. Então se ajoelha entre as minhas pernas e corre dois dedos para baixo, mergulhando-os na minha boceta. Ele morde o lábio e seus olhos reviram em êxtase.

— Puta que pariu, amor, você está muito molhada — ele ronrona sedutoramente.

Meu corpo se contorce em resposta ao seu toque e a sua voz em meu ouvido. Ele enfia seus dois dedos na boca e chupa, limpando-os. Inclina-se sobre a cama para alcançar a mesinha de cabeceira, retira um preservativo e rasga, abrindo-o. Sinto-me compelida e possuída pela minha necessidade de senti-lo. Eu o quero em mim e dentro de mim. Isso quebra minhas próprias regras, mas não quero absolutamente nada entre nós. Seguro as mãos dele e tiro a camisinha.

— Nada entre nós — digo sem fôlego.

Sua cabeça inclina para trás e sua atenção volta para mim; luxúria pura queima em seu olhar e me deixa sentimental e devassa embaixo dele.

— Por favor — eu imploro.

Ele se inclina para a frente e prende meu corpo tremendo com sua estrutura intimidante. — Tem certeza? — pergunta ele, hesitante.

Faço que sim com a cabeça, afirmando que quero. Ele, puro e simples, sem nada, e meu.

Ele respira pesadamente quando posiciona a cabeça larga na minha entrada. É o primeiro contato que compartilhamos de pele íntima contra pele íntima, e meu corpo fica em chamas. Ele permanece no lugar, pronto para me penetrar. O que ele está esperando? Ele está tremendo e posso dizer que ele está se contendo, se segurando.

— Você tem que me dizer se estou te machucando.

Eu aquiesço.

— Não, diga isso. Prometa que vai me dizer.

— Prometo. — No momento em que eu digo o que ele quer ouvir, ele avança para frente, enfiando sua ereção profundamente em mim. Ofego e cravo as unhas em suas costas.

— Que delícia, amor, você é a primeira. Nunca transei sem camisinha.

Saber que somos os primeiros, um do outro, pelo menos de alguma forma, faz meu coração inchar. — Eu também.

Ele geme sua apreciação no meu ouvido e suga meu lóbulo. Ele morde levemente e meu corpo retesa em resposta. Aperto ainda mais em torno de seu pênis e ele perde todo o controle. Ele agarra meus quadris e me prende nele com força. Minhas pernas são empurradas para cima, e colocadas em seus ombros. A cabeça dele penetra mais profundamente em mim. Puxo o ar entre os dentes. Seu poder sobre mim é quase paralisante, mas não estou com dor. Luxúria pura domina seu olhar. Seu pau é retirado e empurrado para dentro, cada vez com mais força, e com uma ferocidade que rivaliza com qualquer animal selvagem.

— Ah, Damon.

Uma gota de suor rola de seu cabelo, pela testa e finalmente escorre de seu nariz para pousar no meu tórax. — Eu preciso de você — ele ofega.

Minhas mãos apertam os travesseiros ao lado da minha cabeça. Uma sensação de formigamento corre nas minhas veias e inunda meus sentidos. Tudo o que posso ver é ele. Tudo o que eu posso sentir é o cheiro dele. Tudo o que eu posso ouvir é ele. Tudo o que eu posso provar é ele. Tudo se resume a ele. Sinto-me completamente dele e a sensação é como nenhuma outra que eu já senti. Eu quero ser dele. Quero que ele precise de mim, como ele disse.

— Você me tem — gemo, enquanto ele continua me penetrando profundamente, impulso após impulso. Posso sentir, a cada estocada, a veia de sua ereção quando passa pela borda da minha abertura lisa.

— De novo — ele exige com os dentes cerrados. Seus olhos cor de mel parecem labaredas enquanto ele me encara. Suor brota dos meus poros e faz com que o atrito entre nós fique inexistente. Os nossos corpos deslizam em sincronismo, com fluidez completa. Nos encaixamos. Parecemos duas peças. Duas peças que se completam perfeitamente.

— Você me tem — repito com toda sinceridade que o momento permite. Meu corpo ganha vida de uma maneira nova e cantarola com meu orgasmo iminente. Cada músculo aperta e formiga, e foco meu olhar no dele.

Observamos nossos respectivos orgasmos se desenrolarem e nos consumirem. Seus quadris retesam enquanto ele goza dentro de mim. Calor preenche minha boceta que ordenha seu pau, extraindo até a última gota de seu clímax. Nossos corpos estremecem e oscilam repetidamente, em êxtase. Ele empurra minhas pernas de seus ombros e cai completamente suado e exausto. Seu peito sobe e desce rapidamente enquanto trabalha para recuperar o fôlego. Empurro meus dedos por seu cabelo encharcado. Minha própria exaustão toma conta de mim; meus olhos se fecham e me sinto completamente satisfeita, de uma forma que eu nunca conheci.

— Estamos destinados a ficar juntos — ele sussurra.

Capítulo Dezessete

Especial

— Amor?

Beijos são distribuídos pelas minhas bochechas, nariz, queixo, testa e pescoço, fazendo-me despertar do sono.
— Hum — eu resmungo de forma incoerente.

Damon ri baixinho. — Tá na hora do jantar, vamos.

Acho que eu deveria deixar de ser uma ninfomaníaca e sair da cama para fazer algo para o meu gostosão comer. Se transar com ele for sempre assim, então terei prazer em abastecê-lo com bastante carboidrato e proteínas. Ele é um garanhão e precisa comer. Esforço-me para abrir os olhos. Damon está lindo, vestindo short de jérsei, camiseta branca e descalço. Ronrono minha aprovação. Ele balança a cabeça e sorri aquele sorriso torto que me deixa morrendo de tesão por ele.

— Eu devo ter criado um monstro.

— Talvez — medito quando passo por ele, completamente nua. Sinto que seus olhos me seguem e me viro para encará-lo quando entro no banheiro. — Se importa se eu fizer xixi em paz?

Seu olhar acanhado cai no lugar certo, na sugestão, e fico satisfeita comigo mesma. Ele é tão bonitinho quando parece completamente envergonhado.

— Estou brincando. Não quero fazer xixi. Você tomou banho sem mim?

Ele continua a me acompanhar até o banheiro gigantesco. — Você estava desmaiada e essa é a única hora que a sua boca suja está fechada, então imaginei que seria melhor saborear o momento, enquanto eu podia.

Viro-me para enfrentar o meu gostosão de cabelo escuro. Seus braços estão cruzados sobre o peito largo. O sorriso em sua boca é toda a evidência que preciso para ver que ele está num estado de espírito brincalhão. É totalmente diferente do homem furioso que encontrei no escritório mais cedo.

— Espertinho, não? Bem, que pena. Estava pensando em algo especial quando tomássemos banho. Tudo bem, não tem problema, quem sabe de uma próxima vez?

— Puta que pariu, mulher! Eu disse para não me provocar. — Ele caminha na minha direção e joga o meu corpo nu por cima do ombro e anda direto para o chuveiro, completamente vestido. Ele abre as torneiras de água fria, que caem na minha bunda e nas costas.

— Ponha-me no chão! — grito em protesto.

— Você tem sido uma menina má, precisa ser punida — ele rosna comicamente, tentando ao máximo parecer malicioso.

— Não! Está fria! — Bato na sua bunda sobre o short encharcado, mas sua grande mão me bate de volta, e logo parecemos adolescentes, competindo por tapas na bunda. —

Ai! Ponha-me no chão!

— Vai me provocar mais? — ele esbraveja entre gargalhadas, irradiando alegria.

— Tá bom! Chega! Não provoco mais! Eu juro.

Satisfeito com a minha "bandeira branca da rendição", ele me desliza para baixo na frente do seu corpo. Então estica o braço para ajustar a temperatura da água. O calor atinge minha pele enquanto ele me segura rente ao corpo. Enfio os dedos no cós de seu short e o puxo para baixo. Água cai em seu corpo e escorre pelo rosto. Inclino-me e avidamente bebo a água do queixo com barba por fazer, em seguida, puxo sua camiseta encharcada, pela cabeça. Nossos lábios colidem. Nos devoramos. Puxo seu lábio inferior totalmente entre os meus dentes e seu gemido envia uma vibração de eletricidade pelo meu corpo. Ele segura minha bunda com as mãos e, em um movimento tranquilo, me ergue para ele. Minhas costas colidem contra a parede de azulejos quando ele me empala com seu pau duro.

— Você gosta disso, amor? — ele rosna, pegando um punhado do meu cabelo na mão e puxando com tanta força que minha cabeça sem vergonha bate contra a parede. Ele me prende, seu corpo me segurando no lugar facilmente, enquanto seu pênis me golpeia forte, rápido e profundamente, mais e mais.

Gemo e sua boca cobre a minha, me silenciando. Sua língua se aprofunda ao roubar o meu fôlego. Meu coração bate fora de controle. Ele interrompe nosso beijo e golpeia em mim com ainda mais força.

— A quem você pertence? — ele exige no grito.

Isso é tão intenso... que sinto que posso gozar apenas com suas palavras. Minha boceta contrai delicadamente.

— Diga! — ele berra.

— Você! — eu choramingo fracamente.

— Mais uma vez!

— Você! Eu pertenço a você! — grito sem fôlego.

Ele empurra duro uma vez, duas, três, quatro vezes mais e congela, em seguida, seu corpo dá uma guinada, retesa e acalma. Meu orgasmo me atinge. Reviro os olhos e arqueio nele. Meus mamilos sensíveis e endurecidos pressionam em seu peitoral e sinto prazer na sensação. Seu pau derrama todo o seu calor em mim enquanto desfrutamos do nosso clímax culminante. Ele me mantém no lugar até a minha respiração voltar ao normal. Quando ele, calmamente, se retira de dentro de mim, uma pequena pontada de dor irradia através do meu ventre. Reflexivamente, estremeço e puxo uma lufada de ar.

— Machuquei você? — ele sussurra, sua grande mão segurando meu queixo.

A preocupação em sua voz é clara. Sinto-me... valorizada; querida. E tenho a coragem de assumir, estou adorando. Sei que não há a menor possibilidade de ele já me amar. Somos um casal há tão pouco tempo. Ainda nem sei sua cor favorita, filme ou bebida. Eu nunca tive o amor de ninguém, exceto dos meus pais, e nem me lembro com clareza como costumava ser. Memórias desvanecem com o tempo, mas essa sensação é familiar e juro que se parece com amor. Não digo nada enquanto olho em seus ardentes olhos cor de mel.

Sua outra mão se move para o meu rosto, os polegares reverenciando todo o meu rosto. Ele descansa sua testa na minha e fecha os olhos, respirando profundamente. Neste momento, algo é declarado entre nós. É indescritível e desarmante, mas de alguma forma me deixa completamente em paz. Nos abraçamos sob a água, até que seu estômago ronca alto e nós dois caímos na gargalhada; o momento é quebrado.

— Vamos, gostosão. Vou fazer o jantar.

Ele dá um tapa de leve na minha bunda quando me afasto para lavar meu cabelo e corpo. Sim, ele é definitivamente um homem que gosta de bunda. Terminamos o banho e nos secamos antes de descer para a cozinha. Entro rapidamente na cozinha, como uma mulher numa missão. É um prazer trabalhar neste espaço. Gosto de cozinhar, mas nunca tive uma cozinha ou ferramentas adequadas para realmente exercer meus dotes culinários.

Ele para atrás de mim e planta um beijo carinhoso no meu pescoço. — O que você gostaria de beber? — ele murmura contra a minha pele.

— Mmm, tem vinho?

Ele se afasta e abre a geladeira monstruosa. — Não, sinto muito. Não bebo muito, por isso não tenho álcool em casa.

— Talvez devêssemos comprar. Não sei quanto a você, mas às vezes, eu gosto de beber um pouco — falo, enquanto tempero nossos bifes na tábua de carne.

— Eu preferiria se não comprássemos.

Seu tom mudou e paro o que estou fazendo para virar de frente para ele. — Por quê? — Minha curiosidade vence o meu bom senso e quero saber.

Ele se movimenta pela cozinha, pegando talheres e pratos para colocar a mesa. Seus ombros musculosos encolhem com indiferença. — Meu pai é um bêbado, foi a vida inteira. Eu só não ligo para essa merda.

Nota mental: álcool está proibido. Acho que não é grande coisa, nem bebo com muita frequência, de qualquer maneira. Eventualmente, gosto de cerveja ou até uma taça de vinho, mas muito esporadicamente. Sem mencionar que é caro.

— Oh. — É a única coisa que consigo inventar. Qual é o meu problema? Devo abraçá-lo? Não! Eu odiaria essa merda. Decido deixar pra lá e mudar de assunto. — Então, o que tenho que fazer amanhã na loja?

— Isso é fácil. Já cuidei dos detalhes para amanhã com Dave, meu gerente de projeto. A decoradora estará aqui amanhã, às nove horas, para combinar algumas coisas com você.

Coloco os bifes para grelhar e escorro as batatas. — Espere, vou me encontrar com a decoradora aqui? — Despejo as batatas fumegantes numa tigela com a manteiga, o leite e o alho e amasso tudo enquanto continuo nossa conversa.

— Vai. A loja é agora uma zona de obras e não quero que você se machuque ou fique rodeada de operários com tesão. — Sua explicação parece razoável, com exceção da parte dos operários com tesão. Ele parece um pouquinho ciumento, mas não quero nem abordar esse assunto agora.

Termino de preparar o jantar e comemos, continuando uma conversa leve, principalmente sobre a loja. Enquanto estou limpando a louça e pensando em sugerir algo que casais fazem, como assistir a um filme, o celular de Damon toca. Ele olha para a tela e cerra o maxilar, incomodado.

— Tenho que atender — ele diz sem rodeios e segue para o escritório.

Convencida a não escutar, me concentro na limpeza da cozinha. Quem está ao telefone tem a ver com esta pessoa, Edward; tenho certeza disso. Passo o tempo passeando pela biblioteca, escolho um livro de uma das muitas prateleiras, de forma aleatória, e caminho para o quarto dele. Abro o livro e a lombada estala, gemendo em protesto. Este livro nunca foi aberto. Sua lombada, que nunca foi danificada, fala por si só. Meus olhos leem preguiçosamente a primeira página antes de o sono me vencer e eu desistir de ler.

Capítulo Dezoito

Oi, mamãe

Acordo sentindo como se alguém tivesse me atropelado com um ônibus e nem posso culpar o sexo selvagem por isso. Estou adoecendo. Estou ferrada. Viro para o outro lado e, por entre o lençol amontoado, vejo um bilhete em cima da mesinha de cabeceira. Estico o braço e o pego. Numa porcaria de rabisco, o gostosão escreveu uma mensagem curta e doce.

Você está tão perto e ainda assim já sinto saudades. ☺

Olho em volta à procura de algum sinal de Damon, mas não encontro nenhum. Visto-me rapidamente com a calça de pijama dele e uma camiseta branca e arrasto meu corpo dolorido escada abaixo. Ouço um barulho vindo da cozinha. Caminhando até lá, encontro Damon olhando para o forno como se fosse o maior mistério do mundo.

— O que você está fazendo? — Forço a voz, o som parecendo muito semelhante ao de uma fumante de oitenta anos.

Ele se vira como se eu tivesse gritado "assassino sanguinário". — Você parece horrível! — Ele corre até mim e coloca a mão na minha bochecha. — Você está com febre. Tem que voltar para a cama.

— Por que você estava encarando o forno?

Ele olha por cima do ombro e parece envergonhado de novo. Que fofo. — Ah, bem, estava pensando que talvez eu pudesse fazer o café da manhã, mas receio não ser tão hábil aqui como você.

Dou uma risada, apesar da dor de garganta. — Gosto do quão elegante você está, até parece muito melhor do que é.

— E o que é isso?

— O que você deveria ter dito era: "não sei cozinhar porcaria alguma, então, nada de café da manhã".

Ele ri e me vira pelos ombros para me levar de volta pelas escadas. A campainha toca, parando nós dois. Eu achava que convidados só podiam subir depois de serem anunciados pela segurança.

— Deve ser Carry. — Ele libera meus ombros e corre até a extravagante porta da frente, abrindo-a e dando um passo para o lado.

Algo repentinamente me atinge profundamente. Oh, merda, não. Carry é estupidamente linda, parece até a Barbie, a não ser pelo bronzeamento artificial ridículo. Ela sorri timidamente para Damon.

— Entre. — Ele faz um gesto para frente e ela passa por ele, balançando exageradamente os quadris. Cadela! Ela nem me nota de pé perto da escada em meu pijama grande demais e sem sutiã. Meu cabelo é uma bagunça despenteada e me sinto horrível. Enquanto isso, essa cadela parece que está tentando ganhar a porra de um concurso de beleza.

— Quando recebi sua mensagem, fiquei contente em

te encaixar na minha agenda. Então, no que vamos trabalhar, Damon? — questiona ela, com tanta insinuação quanto é possível.

Tenho um desejo louco de enfrentar essa Barbie de bronzeamento falso e estrangulá-la. — Ahã — limpo a garganta e chamo sua atenção para mim.

— Carry, gostaria que você conhecesse a minha namorada, Josephine. Na verdade, é com ela que você vai trabalhar no projeto. Ela é a responsável por todas as coisas relativas à loja, então você terá de responder a ela.

Sua insinuação de responder a mim me faz sorrir por dentro. Este homem está tentando afetar o meu coração de uma forma feroz e, que Deus me ajude, ele está conseguindo. Sorrio calorosamente quando ele se afasta da garota propaganda bronzeada artificialmente.

Ele vem até mim e coloca a mão na minha bochecha novamente. — Amor, você está com febre. Isso terá que esperar, ok? — Ele se inclina e beija minha testa escaldante.

Capto um vislumbre da miss bronzeamento artificial atrás dele e ela parece como se estivesse sentido cheiro de algo podre. Seus lábios excessivamente rosa se enrugam e parecem uma vagina, excessivamente usada e abusada. Que nojo! Não consigo resistir. — Você deveria parar de fazer essa cara. Sabe, causa rugas e tudo mais.

Ela enruga ainda mais o rosto e engulo uma risada. Damon vira ao meu lado para encará-la e ela instantaneamente abre um sorriso falso.

— Vamos ter que remarcar, Carry. Josephine não está se sentindo bem. Tenho certeza de que ela vai te ligar para marcar outra reunião quando estiver melhor. — *Sim, claro, que tal nunca, piranha?*

— Ok, sem problema. Avisarei a minha secretária que você ligará para reagendar. Tchau. — Ela se vira em seus saltos altos envernizados e saia lápis, de cor creme combinando, e sai da cobertura.

No momento em que a porta da frente se fecha, ele me ergue em seus braços como um bebê, me carrega e coloca na cama, e alisa o meu cabelo para trás com imenso cuidado. Ele se senta ao meu lado com um sorriso arrogante no rosto. Suspiro dramaticamente e reviro os olhos. Já sei o que está por vir.

— Meu amor, você está com ciúmes?

A entonação da última palavra faz com que o meu nível de raiva aumente novamente. — Não sou mais ciumenta do que você, Senhor "fique longe dos operários". — Imito uma voz ridícula e machista, e ele aponta um dedo severo para mim.

— Ei, eu só estou preocupado com a sua segurança! Você pode furar seu pé num prego ou algo parecido.

Dou uma gargalhada um pouco mais forte por sua desculpa esfarrapada e minha garganta arde mais com o resultado. — Ai — resmungo, segurando meu pescoço.

— Tudo bem, chega de brincar. Vou trabalhar aqui em casa hoje para poder cuidar de você. Vou te dar um remédio. Descanse agora. — Ele se inclina e me beija, apesar do meu potencial contágio, e isso me deixa com a sensação vagamente familiar de ser cuidada. Valorizada. Amada. Ele se levanta da cama e desaparece do quarto. Retorna com um copo de água numa das mãos e um comprimido de ibuprofeno na palma da outra mão.

— Tome isso. Beba toda a água, se puder. — Ele me entrega o remédio e a água. Jogo o comprimido na boca e, em seguida, bebo toda água.

— Agora descanse. — Meus olhos obedecem. Eu descanso.

Durmo profundamente até que eu sinto uma língua escorregadia deslizando na minha bochecha e franzo as sobrancelhas. Porra, por que ele está me lambendo?

— Psiu!

— Hmm?

— Acorde — ele sussurra, e depois meu rosto é lambido novamente. Eca!

Forço meus olhos a se abrirem e, quando os abro, grito e me arrasto para chegar para trás, batendo contra a cabeceira. — Que coisa é essa? — grito, e imediatamente lamento a minha reação; a gritaria só detonou mais ainda a minha garganta.

— Não se espante — Damon alerta. — É só um filhote. Ele gostou de você e estava beijando o seu rosto. — Ele puxa a bola de pelos de cor prata e cinza em seu peito e o acaricia atrás das pequenas orelhas desgrenhadas.

— Você comprou um cachorro? — Sei que pareço incrédula. Essa cobertura ultra moderna ficaria ótima com um cachorro cagando no chão. Não acredito que ele comprou um maldito cão. — Pensei que você tivesse saído para comprar remédio para a sua pobre doente.

— Não, eu o peguei pra você. Bem, acho que ele me pegou. Ele é órfão — Damon explica. Por que ele tem que usar a palavra "órfão"? Agora sinto como se o cachorro e eu fôssemos velhos amigos. Que ridículo. Ergo uma sobrancelha em questionamento e ele explica.

— Um dos caras da equipe o encontrou perto da caçamba de lixo da loja. Era apenas ele, sem identificação ou qualquer coisa. A esposa de Dave é veterinária, então ele a chamou e ela verificou o carinha. Ela disse que ele é um tipo de mistura de Schnauzer. — Ele tira um saco de papel pardo de trás das costas. — Olha, eu trouxe o café da manhã e medicamentos, também. Pastilhas para a garganta, chá e vitamina C...

— Obrigada — digo asperamente, agarrando o saco. — Mas, Damon, não posso ter um cachorro no meu apartamento.

Ele dá de ombros em resposta à minha objeção. — Ele pode ficar aqui.

Coloco uma pastilha na boca e estreito meus olhos para ele. Estou sacando aonde ele quer chegar. — Se eu concordar em adotar essa... *coisa*, ele terá que ficar aqui e é lógico que eu teria que ficar aqui também.

Um sorriso vitorioso se espalha por seu lindo rosto e sei que estou ferrada. Ele levanta a *coisa* desgrenhada e manipula suas patas minúsculas em um gesto de oração. — Oh, por favor, seja a minha nova mamãe. Você não quer me adotar? Não sou fofinho, mamãe?

Tento e não consigo disfarçar o riso. — Você sabe que soou completamente bobo, né?

Damon coloca o cachorro no meu colo e eu, relutantemente, acaricio seu pelo. Ele é tão macio e meio fofinho. Na verdade, ele é muito fofinho. Eu o levanto até meu rosto para examinar mais atentamente e me encontro encarando seus minúsculos olhos cor de chocolate.

— Quantos meses ele tem?

— A esposa de Dave disse que, provavelmente, entre oito a dez semanas.

Faço beicinho. Não acredito que ele é tão novinho e tão sozinho. Sinto-me horrível por esse homenzinho. Ele merece um lar e sei que posso cuidar dele. Nem sei a primeira coisa sobre cuidar de um cão, mas acho que posso improvisar.

— Hemingway — digo para a pequena bola de pelos nas minhas mãos. Suas pequenas orelhas levantam em resposta. Eu o coloco no meu colo e acarico sua pequena cabeça.

— O quê?

— Esse é o nome dele. Hemingway.

Damon zomba e eu lhe atiro um olhar mortal. Idiota!

— O que há de errado com Hemingway?

Ele balança a cabeça de um lado para o outro. — Você pode chamá-lo de Hemingway, mas eu vou chama-lo de Hemi. Como o motor de carro. — Ele é irredutível, posso dizer. Tem que ser coisa de homem.

— Ok. — Olho para baixo para Hemingway e coço atrás de suas orelhas. — Papai diz que vai te chamar de Hemi, apesar de sua óbvia inteligência e sofisticação.

Hemingway solta um pequeno latido agudo e quase o deixo cair. Damon segura a barriga e solta uma profunda gargalhada.

— Ele é um filhotinho, não vai te machucar.

Atiro outro olhar mortal em sua direção e aconchego Hemingway no peito. Ele inclina um pouco a cabeça para cima e lambe meu rosto novamente. Derreto em uma poça de hormônios femininos e instinto animal.

— Então, consegui ganhar alguns pontos por te trazer um cachorrinho? Mulheres gostam de cachorrinhos.

Olho para ele e me pergunto, por um breve momento, se toda essa história é papo furado. Aposto que foi ele quem comprou este cão por um preço absurdamente caro de um desses criadores de cães de luxo. Mas, quando olho dentro dos pequenos olhos cor de chocolate de Hemingway, reconheço a solidão e o medo de um órfão. Tem que ser verdade o que Damon diz. Pobre rapazinho. Ele ganhou pontos. Muitos e muitos pontos. Ele resgatou Hemingway de quem sabe o quê, e acho que tenho alguém para... amar?

— Pontos — afirmo e inclino para a frente para beijá-lo. — Muitos e muitos pontos.

O rosto de Damon fica ainda mais vitorioso e juro que seu peito não poderia inflar mais. Nossa... Homens e seus orgulhos. Isso é a ruína da sociedade.

— Oh, droga. Eu disse a sua avó que levaria balas de amendoim para ela hoje! — Aninho Hemingway no peito e deslizo para fora da cama.

— Você está doente — Damon protesta enquanto me

segue para o banheiro.

— Sinto-me muito melhor — minto. Enfio uma toalha de banho macia na pia e cuidadosamente coloco Hemingway nela. Ele se enrola e deita. Sorrio, sentindo um pouco de orgulho da minha ingenuidade.

— Tem certeza? — Ele estende a mão para verificar a minha temperatura e eu bato nela no caminho.

— Eu estou bem, de verdade. Você me trouxe todos os itens essenciais; estarei cem por cento num instante. Vá trabalhar um pouco, ou o que quer que tenha que fazer. Estarei de volta depois de visitar sua avó. Eu prometi a ela. — Certifico-me de parecer suplicante nessa última parte. Sei que ele não iria querer aborrecer a avó.

Ele suspira e sei que ganhei essa batalha.

Capítulo Dezenove

Faz sentido

Digo adeus a Damon, deixando-o no escritório para trabalhar um pouco, então saio correndo da cobertura com Hemingway enfiado na dobra do meu cotovelo e uma caneca de chá para viagem. Entramos no elevador, no qual descemos até o primeiro andar e localizo a BMW de Damon, que realmente desejo não ter que dirigi-la. Tentei argumentar, mas ele empurrou as chaves para mim e fez cara feia. Abro a porta com um *clique* no elegante chaveiro e deslizo no banco de couro macio.

— Que maravilha! — murmuro. Acomodo Hemingway no meu colo e ligo o carro. Partimos em direção à loja, à procura de balas de amendoim para a vó. Acho que vi essas coisas na loja de conveniência perto do meu apartamento.

— Fique aqui — digo à bola de pelo e toco levemente seu nariz. Ando depressa para dentro da loja e bingo: uma prateleira cheia de coisas doces. Quando o caixa me dá a conta, abro a bolsa para pegar a carteira e quase caio dura. Um maço de notas de cem dólares está enfiado aleatoriamente dentro dela.

— Ahã... minha senhora?

Saio do meu choque atordoante e pago o doce. Em seguida, corro de volta para Hemingway e a BMW. Não perco tempo; com o movimento do meu polegar, ligo para o Damon. Ele atende no primeiro toque.

— Alô?

— Você enfiou mil dólares na minha bolsa! — queixo-me. Sei que pareço uma idiota. Quem reclama com o namorado por ele ser tão generoso?

— Preciso te lembrar da nossa conversa sobre ser orgulhosa?

Eu gemo. Deveria saber que nem todo o protesto do mundo fará diferença. Meu namorado rico não vai me deixar argumentar, e sou grata por isso, não me interpretem mal. Não há dúvidas sobre o quanto aprecio tudo o que ele tem feito por mim, mas não gosto de me sentir um caso de caridade ou um fardo. É complexo, acho.

— Não. Obrigada — respondo. Estúpida, estúpida, estúpida. Ele está apenas sendo gentil.

— De nada. Você pode querer ir ao petshop com Hemi. Ele vai precisar de todas essas parafernálias de filhotes.

Olho para Hemingway aninhado confortavelmente no meu colo e percebo que não faço a menor ideia do que um filhote necessita, além de comida, água e um lugar para cagar. — Tá bom, vou cuidar disso. Vejo você mais tarde.

— Tchau, meu amor.

Vinte minutos mais tarde, manobro a BMW no estacionamento e, cuidadosamente, enfio Hemingway dentro da minha bolsa. O cãozinho é tão dócil que nem sequer acorda com o chacoalhar dela.

— Vó? — Bato na porta da suíte aberta e fico feliz ao ver que ela não está cochilando. Ela estica o pescoço para espiar a porta e seu rosto se ilumina num radiante sorriso, me lembrando de seu neto.

— Josephine! Você trouxe a mercadoria? — ela pergunta baixinho, discretamente.

Balanço a cabeça num movimento engraçado, brincando, e balanço a sacola plástica para ela.

Ela a toma da minha mão e abre um enorme sorriso enquanto conta os sacos de doces que eu trouxe. — Oh, querida, você fez o meu mês feliz! — ela murmura.

Estou orgulhosa por ter lhe agradado. Parece estúpido ficar feliz por ter trazido doces, mas parte de mim realmente quer que ela goste de mim. Acho que é, provavelmente, a mesma parte que sabe que eu poderia facilmente me apaixonar perdidamente por Damon.

— Então, como está se sentindo hoje?

Ela acena, enquanto enfia uma bala de amendoim na boca. — Estou muito bem. Corri alguns quilômetros hoje de manhã, o que sempre me faz sentir mais ágil. — Ela pisca para mim, segurando o saco de doces e eu não consigo evitar de me apaixonar ainda mais pela velha. Ela tem uma disposição incrível que me identifico muito. Quero lhe dizer o quanto.

— Aposto que você nunca engoliu merda de ninguém, não é? — comento, passando uma bala para a sua mão.

— Bem, sou branca, feita de papel e venho enrolada em um tubo de papelão? — ela pergunta, indiferente.

— Não.

— Então, não. Se eu engolisse merda de qualquer um, acho que seria melhor ser chamada de papel higiênico.

Quase engasgo com meu amendoim e a velha bruxa se escangalha de rir da minha cara. — *Touché. Touché*, vó.

Continuamos a comer os doces e abro minha bolsa a cada minuto, ou mais ou menos isso, para verificar Hemingway. Ele está dormindo, aninhado na escuridão da minha grande bolsa. Já gosto desta pequena bola de pelos. Ele é tão fácil de agradar.

— Então, quem são essas pessoas nos porta-retratos? — Vou até um que está na mesa lateral e o levanto para mostrar a ela.

— Ah, nesse é a meia-irmã de Damon, Elise. E nesse porta-retrato prateado é meu filho, Edward. E esse ao lado, o marrom, é o Damon, na sua formatura do colegial.

Edward. Edward. O cara que deixou Damon puto ontem à noite. Ele disse que o pai é um alcoólatra. Faz sentido. Decido pressionar para conseguir informações.

— Acho que Damon e Edward não se dão muito bem, né?

Ela bufa baixinho, de raiva. — Eles nunca se deram bem, querida. Amo meu filho, mas não sinto o menor orgulho das coisas que ele já fez. Quando Damon nasceu, a mãe não podia sustentá-lo, então ela o entregou para Edward criá-lo. De cara, Edward também não queria Damon, mas fiz com que meu filho assumisse suas responsabilidades. Eu não o criei para fazer as coisas que ele fez, mas tentei consertar as coisas erradas quando elas surgiram.

Ela pende ligeiramente a cabeça enquanto fala sobre o pai de Damon e sinto a sua dor. É óbvio que ela lidou com mais do que qualquer mulher deveria. Sinto necessidade de animá-la e acho que sei o truque.

— Ei, quer ver o que Damon me deu?

Ela concorda com a cabeça, então eu alcanço a minha bolsa e retiro Hemingway de dentro. Sua pelagem cinza se destaca em todas as direções e ele semicerra os olhos contra a luz, em seguida, começa a balançar o rabinho feito doido, quando vê a vó. Ela suspira e fica radiante quando vê a bolinha de pelo, logo estendendo as mãos para recebê-lo. Quando entrego o cachorro, ela o abraça e beija o topo da sua pequena cabeça em forma de maçã.

— Oh, isso é bem característico de Damon. Usar um cachorrinho para ganhar o seu amor e carinho. Esse menino tem instintos animais como nenhum outro. É por isso que ele é tão bem sucedido, sabe? — Ela afirma, obviamente orgulhosa de seu neto.

Continuamos conversando por mais algum tempo, então decido que é melhor ir embora. Apesar de chupar todo o pacote de pastilhas para a garganta, já estou começando a senti-la arranhar de novo, e também não faço a menor ideia de quantas vezes filhotinhos comem e fazem suas necessidades, e ainda tenho que ir a um *petshop*, para, então, voltar para a casa de Damon. Despeço-me da vó e prometo visitá-la novamente em breve.

— Então, será que você poderia ajudar a sua nova mãe e me alertar sobre que parafernálias tenho que comprar para você? Não? Ok, Hemingway. Vamos descobrir isso juntos. — Sento-me no banco do motorista, segurando a minha bola de pelos perto do rosto. Nos encaramos, olhos verdes nos castanhos, nariz no focinho. Ele aguenta firme. Coloco-o de volta no lugar, no meu colo, e dirijo para uma mega loja *petshop*. É do tamanho de um supermercado e as pessoas carregam seus animais de estimação para fazer compras juntos. Me surpreendo ao me dar conta de que estou animada para lhe comprar algumas coisas de filhote, sejam elas quais forem. Questiono-me se ele já teve alguma coisa. Comida de filhotes em pequenas tigelas de cachorro, uma cama para dormir, uma mão para acariciar seus pelos... olho para baixo, para ele, e o lugar no meu peito, onde julgo que meu coração repousa dormente, se aquece e dói um pouco pelo pequeno Hemingway.

— Vamos comprar algumas porcarias — digo para o meu homenzinho sonolento quando saio do carro. Entro no petshop e, num impulso emocional, compro com o dinheiro de outra pessoa. Encho dois carrinhos com toda a parafernália que um cão pode ou não usar. Acho que comprei um pouco de tudo. Ele agora tem desde biscoitos vitaminados em forma de cachorrinho a um carrinho de bebê. Uma porra de um carrinho de bebê! Sei que vou ouvir um monte de merda por comprar um carrinho para o cachorro, mas e se eu quiser levá-lo em um longo passeio como diz na etiqueta? Ele pode se cansar com o calor de Vegas. O carrinho é útil. E é exatamente isso o que vou dizer a Damon. Pago minhas compras com o maço de notas de cem dólares de Damon e carrego tudo para a BMW.

— Agora que já fizemos um belo estrago, vamos ver o seu novo papai e lhe mostrar todas essas merdas. O que você me diz, Hemingway?

Ele olha para mim, então abre um bocão e boceja.

Beijo sua pequena cabeça e o coloco no banco do passageiro, para a viagem de volta para a cobertura de Damon. Estaciono em seu espaço reservado e ligo para o celular dele.

— Oi, linda — meu gostosão fala em tom meloso.

— Oi, hum, você poderia me ajudar a subir com as sacolas? Estou sentada no carro.

Eu o ouço rir no telefone e de repente fico tímida e emotiva sobre o divertimento e o excesso das minhas compras.

— Já estou descendo.

Desligo e encho um braço de coisas, incluindo o pequeno Hemingway.

— Uau. Um cão precisa de tudo isso?

Viro-me e vejo meu grande homem de cabelos escuros em pé, atrás de mim. Ele é tão bonito que me derreto instantaneamente. Dou um passo até ele e me estico para beijá-lo. — Senti-me mal por ele. Acho que eu comprei um monte de merda. Olhe a carinha dele! — Enfio Hemingway nos braços de Damon.

Ele pega o filhote nas mãos grandes e fala balbuciando como um bebê. — Oh, coitadinho. Ele parece tão tristinho — ele balbucia. Ai, meu Deus. Espero que eu não pareça idiota como ele quando falo com o cão.

— Aposto que ele te acha o maior idiota da cidade, conversando com ele assim. E o nome dele é Hemingway. Ele poderia ser um gênio literário como seu xará, por tudo o que você sabe — digo, completamente sarcástica.

— Sim, você está certa. Talvez eu devesse beijar sua

bunda peluda. Vamos lá, vou levar as sacolas para cima.
— Ele joga o braço sobre meus ombros e caminhamos até o elevador, como um casal de verdade e com um cachorrinho de verdade. É um novo conceito na minha vida de merda. E eu gosto disso. Muito.

Capítulo Vinte

Perda familiar

— Se você tivesse lido as instruções como eu te disse...

— Não preciso de instruções. É um pequeno carrinho de cachorro. Não pode ser tão difícil de montar. Acho que você comprou com defeito. Está faltando um parafuso.

Seguro o celular no ouvido e faço cara feia para a sua teimosia. Ele toca e toca e Sutton não atende. Isso me preocupa. Ele sempre me atende. Por que não está atendendo? Meu coração, geralmente vazio e frio, aperta forte no peito e bate descontroladamente. — Alguma coisa está errada. Posso sentir. Preciso ir lá. Tenho que ver como ele está. — Estou em pânico.

Damon levanta e me agarra pelos ombros. — Respira fundo. — Sua voz é exigente e reconfortante ao mesmo tempo.

Fecho os olhos e inspiro profundamente pelo nariz e pela boca.

— Agora, vamos até a casa dele e ver se ele está lá. Venha aqui. — Ele me puxa para seus braços e me abraça apertado.

É calmante, mas apenas um pouco. Sinto no meu íntimo que algo está errado. Beijo Hemingway e o coloco em seu novo cercadinho.

— Tenho certeza de que ele está bem. Talvez esteja no banho ou algo assim.

Gostaria que ele estivesse certo, mas meu sexto sentido nunca falha e sinto que algo está errado. — Só se apresse, ok?

Ele acelera e nós fluímos pelo tráfego, até chegar à casa de Sutton.

— Vire aqui. É a terceira casa à direita. É aquela cinza com quatro portas.

— Entendi.

Damon chega e para, mas já estou fora do carro, correndo até a porta de Sutton com a minha chave na mão. Ele me deu uma cópia há alguns anos, para um caso de emergência, e essa parece ser uma maldita emergência. Toco a campainha três vezes e imediatamente começo a bater na porta com meu punho fechado. Damon chega ao meu lado quase que instantaneamente.

— Capitão! Você está em casa?

Bato na porta e toco a campainha mais três vezes. Ouço um estrondo dentro da casa e, num movimento rápido, abro a porta. A corrente da tranca emperra e Damon a arrebenta empurrando com o ombro, fazendo a porta bater contra a parede. Corro pela casa e derrapo até parar no velho piso de madeira.

— Ah, Merda! Capitão! Capitão! Oh, não. O que

aconteceu? — Derrapo pelo chão, de joelhos, me dobrando até ele. Ele está em uma posição desconfortável, deitado no chão na sala de estar. O estrondo que ouvi foi o maldito telefone. Ele o puxou para baixo, de cima da mesinha. Seu rosto está deformado e algo está muito errado.

— Oh, meu Deus. Chame a ambulância! — grito freneticamente para Damon. Ouço-o falar com um atendente. Coloco a brilhante cabeça careca de Sutton no meu colo e limpo a saliva do canto de sua boca.

— Oh, por favor. Por favor. Aguente firme. Você está bem. Você vai ficar bem, Capitão. Não se preocupe. A ajuda está chegando. Só, por favor, aguente aí — eu imploro a ele. Seus olhos brilhantes rolam sem rumo e sei que isso é horrível; algo ruim aconteceu. Aperto a mão dele e ele não responde.

Damon se agacha ao meu lado e pressiona dois dedos no pulso de Sutton e flashes de algo alarmante surgem na minha cabeça, mas não consigo identificar. Sinto-me tão fora de controle nesse momento. Estou tremendo, minha adrenalina está bombeando rápido nas veias.

— Onde eles estão? — eu grito, à beira das lágrimas.

— Eles estão vindo, amor. Estão chegando.

O som das sirenes é uma coisa bem-vinda. Ouço-os se aproximarem, até que uma ambulância e dois carros de polícia param na frente da casa. Dois paramédicos entram com grandes bolsas pretas na mão.

— Senhor, senhora, somos do corpo de bombeiros. Por favor, para trás. — Eles se ajoelham para ajudar Sutton. Retiram a cabeça do meu colo e começam a dizer um monte de merda em termos médicos.

Não faço a menor ideia do que eles estão dizendo e isso me deixa furiosa. — O que está acontecendo? O que diabos há de errado com ele? — grito com eles.

Eles me ignoram e continuam trabalhando nele. Damon envolve-me em seus braços e me puxa para trás. Sinto como se estivesse observando tudo de cima. Como isso aconteceu? Por que não cheguei aqui mais cedo?

Um terceiro paramédico se vira para mim, colocando uma mão reconfortante no meu braço. — Minha senhora, preciso lhe fazer algumas perguntas para que possamos ajudá-lo melhor.

Neste momento, a polícia e os paramédicos se misturam, me deixando totalmente confusa. Eles me fazem uma série de perguntas e não consigo responder nem a metade delas. Como vou saber o que ele comeu ou se teve qualquer sintoma estranho hoje? Não falo com ele há dias, desde que me ligou para contar sobre a loja. E se ele estiver caído aqui todo esse tempo? E se ele estivesse esperando por mim? Talvez seja por isso que ele estava tentando alcançar o telefone. Coloco minha mão na boca, completamente mortificada só de pensar que ele pode ter precisado de mim e eu estava comendo porcarias de balas de amendoim e fazendo compras. O poço de lágrimas e um nó na garganta me fazem perder o ar. Tento respirar profundamente, mas o nó não deixa o ar passar. Vejo pontos coloridos e me sinto balançar e inclinar para Damon.

— Merda! — É tudo o que ouço Damon gritar e, num piscar de olhos, ouço uma vibração nos ouvidos. Tudo fica escuro.

— Amor, acorda — diz Damon com uma voz calma.

Acordo agitada, plenamente consciente do que está acontecendo. Ouço as sirenes à nossa frente enquanto nos dirigimos em alta velocidade para o hospital, logo atrás da ambulância de Sutton.

— Você desmaiou. Está tudo bem; eu fiquei com você o tempo todo. Como está se sentindo?

Ignoro sua pergunta fazendo outra. — Ele está bem? Eles disseram se ele ficará bem? — Observo seu perfil do banco do passageiro reclinado. As notícias não são boas.

— Estão achando que ele pode ter tido um AVC. Ele apresenta alguns sintomas característicos de acidente vascular cerebral.

Sinto minha adrenalina impulsionar de novo, enquanto o pânico me domina mais uma vez. Corro minhas mãos pelo cabelo e olho fixamente para a ambulância à nossa frente.

Estacionamos na entrada da emergência e corro para o pronto-socorro. Damon segura firme na minha mão e corremos por dentro do prédio.

— Stanley Sutton. Ele acabou de ser trazido pela ambulância — falo ofegante.

— Desculpe, minha senhora, você precisa aguardar na sala de espera. Alguém virá falar com você assim que puderem.

Bato o punho na mesa da enfermeira e me afasto. — Droga!

— Ei, respire fundo, ok? Você tem que tentar manter a calma — Damon me consola, passando as mãos pelos meus braços. — Não sabemos de nada ainda. Ele está em boas mãos aqui.

Eu o deixo me levar até uma cadeira no canto da sala de espera. Ele senta sua grande estrutura larga na cadeira desconfortável e me puxa para o seu colo. Eu coopero, sentando em suas pernas cruzadas e me aninhando em seu colo. Aconchego meu rosto em seu pescoço e as lágrimas e o pânico me invadem. Uma hora se passa como se fossem dez. Um médico aparece na entrada oposta da sala de espera onde estamos. A enfermeira que nos disse para esperar, que ele viria falar conosco, aponta na minha direção.

— Sutton?

— Sim, sim. Como ele está? — pergunto apressadamente.

— Você é da família?

— Sim, ela é a neta dele — Damon responde com autoridade, antes que eu possa sequer pensar em falar.

O médico assente. — Ok. Conseguimos estabilizar o seu avô e ele está sendo levado para a UTI, no terceiro andar. — Ele senta na cadeira vazia à nossa frente e o medo me toma. Isso não é bom. Ele olha para a minha mão esquerda e, em seguida, volta para o meu rosto.

— Srta. Sutton, seu avô teve um derrame que causou um dano cerebral significativo. Os exames mostram que ele tem uma hemorragia cerebral considerável. Nós fizemos tudo o que estava ao nosso alcance para ajudá-lo. Agora temos que esperar e ver como ele reage nas próximas vinte e quatro horas. Sinto muito por não ter notícias mais promissoras para te dar. Você pode subir e ficar sentada lá com ele. Ele está semiconsciente e, provavelmente, muito confuso. Irei verificá-lo novamente em breve, para saber como anda a evolução do quadro dele. — Ele estende a mão, pega a minha e aperta. — Sinto muito, Srta. Sutton.

Fico encarando o médico em transe. Ouvi o que ele disse, mas não registrei nada. Um AVC? Hemorragia cerebral? Como isso aconteceu? Nem sei exatamente o que é um AVC. Porra!

Damon me levanta de seu colo e me guia até um elevador. — Josephine, olhe pra mim. — Ele coloca as duas mãos no meu rosto e me obriga a encará-lo. — Estou aqui. Eu não vou a lugar nenhum. Vou me certificar de que você fique bem.

O mesmo flash familiar passa por mim. Todo esse pesadelo me fez reviver o acidente: as sirenes, os paramédicos, o hospital, os médicos, as enfermeiras... O terror de agora se embaralhando com todo aquele de quase vinte anos atrás. Sinto que não vou conseguir suportar todo esse peso. Caminho com Damon para o posto de enfermagem. Pareço um zumbi; meus olhos estão abertos, mas não vejo nada. Estou pensando claramente, mas meus olhos recusam-se a se mover ou se concentrar em algo. Olho fixamente para o chão.

— Sutton? — Damon pergunta a uma enfermeira.

— Quarto 328.

Damon nos guia para longe e meu olhar permanece fixo no chão enquanto caminhamos. Entramos em um quarto que é muito mais escuro do que o corredor. Ouço o som das máquinas, e isso me tira do meu torpor. Olho para cima e vejo Sutton deitado imóvel no leito hospitalar. Ele está ligado a todos os tipos de merda. Fios por todo corpo. Não faço a mínima ideia de para que servem, mas a visão deles dá calafrios. É ruim. Muito, muito ruim. Damon me leva até ele e, nervosamente, me empoleiro em sua cabeceira. Ele para de pé ao meu lado, quando estendo a mão e acaricio o rosto envelhecido de Sutton. Minha garganta aperta dolorosamente. Pego sua mão frágil e enrugada nas minhas mãos. Tenho muito cuidado para não enroscar na mangueira intravenosa do soro.

— Capitão, por favor — murmuro através das lágrimas. — Por favor, não vá. Ainda não. Não me deixe. — Balanço a cabeça e as lágrimas fluem livremente pelo meu rosto.

Ele fica me olhando confusamente através das pálpebras pesadas. Acho que ele quer me dizer alguma coisa, mas ele está fraco demais. Sua pele está pálida e sem vida. Sinto-me em pânico; não sei como lidar com isso. Posso ter tido uma relação disfuncional de merda com Sutton, mas ele é tudo o que eu tenho. Ele tem sido um pai para mim e podemos até fingir que nos odiamos, mas nós temos uma ligação especial. Sou grata a ele por ter me tirado das ruas. Eu entrei e praticamente exigi um emprego e ele me deu uma chance. Usei o meu salário da loja para comprar as lápides que os meus pais tanto mereciam. Pude comer comida decente pela primeira vez desde que eu era uma garotinha, antes do acidente. Consegui um teto para morar e comprei uma cama de verdade para dormir. Ele me deu uma oportunidade e essa é uma dívida que eu jamais poderei pagar. Sua mão aperta um pouco a minha quando ele fecha os olhos. Uma gota vermelha escorre de seu nariz e meu choro se torna incontrolável. Sei que essa é a última vez que vejo seus olhos abertos e sinto meu coração partir com o sentimento muito familiar de perda.

Damon me puxa para ficar de pé e então para seu peito e me envolve em seus braços. De uma só vez, facilmente, ele me levanta em seus braços e eu enterro meu rosto molhado de lágrimas em seu pescoço. Ele caminha para um pequeno sofá perto da janela e se senta, balançando minhas pernas em seu colo e me embalando nele. Enfermeiros entram e logo a sala se enche com a equipe médica que trabalha, em vão, para reanimá-lo.

— Ele não vai sair dessa, né? — murmuro através de soluços copiosos.

— Não, amor, acho que não.

Inclino-me com força em Damon e me afogo em lágrimas e tristeza. Perdi Sutton, meu Capitão.

Capítulo vinte e um

Desespero perigoso

Três semanas e nada mudou. Eu deveria saber disso, é claro, mas de alguma forma eu esperava que a morte de Sutton não doesse tanto quanto a morte dos meus pais. Fui ingênua em pensar uma coisa dessas. Ele foi minha referência paterna por sete anos. Estávamos juntos seis, às vezes, sete dias por semana. Fazíamos a maioria das refeições juntos. Ele sempre me respeitou e nunca me julgou. Ele sabia que eu era maluquinha, mas nunca me jogou na cara. Eu o amava por isso, mesmo sem perceber. Quase tive um troço quando descobri que ele me deixou tudo: sua casa, carro, seguro de vida... tudo. Eu sabia que ele foi afastado de sua filha e neta por anos, graças a um desentendimento entre ele e a ex-esposa. Nunca perguntei os detalhes e ele nunca compartilhou; não era da minha conta. Mas nunca esperei ser sua herdeira no lugar delas.

Agora, só consigo ficar olhando para essa papelada toda. Tenho a escritura da casa, o título do carro, e uma pasta arquivo, cheia até a borda, de documentos importantes, dos quais eu não sei nada a respeito... tudo. Não sei o que fazer com isso. Não vou conseguir morar na casa dele, mas não parece certo vendê-la. É uma bela casa, mas é de Sutton, não minha.

Damon tem sido incrível; minha salvação contra o já conhecido desespero perigoso que está batendo à minha porta.

Sua presença é o remédio que alivia minhas feridas. Tenho me agarrado a ele nas últimas semanas e ele, de bom grado, está carregando o fardo da infeliz namorada de luto. Sinto que ele é tudo o que eu tenho neste mundo, e, embora isso pareça extremamente intimidante, ele é mais do que suficiente. Ele é tudo. É isso. Ele é único. Como sei também que ele é meu próprio reflexo. Se alguma vez duas pessoas foram destinadas uma à outra, essas somos nós. Nunca acreditei nessa coisa de amor à primeira vista e nesse papo furado de alma gêmea, até agora. Até *ele*.

Tenho ficado na cama o tempo todo. Todo trabalho na loja foi interrompido, com a morte de Sutton. Damon insistiu que eu não me preocupasse com o projeto, então, não tenho. Até pensei em ir à loja, mas só o pensamento me dói de uma forma que rouba o ar dos meus pulmões e me faz querer cair de joelhos. Estou completamente ferrada.

— Amor? — Damon entra no quarto com um copo de suco de laranja na mão.

Seguro Hemingway e viro de lado para encará-lo. Meu bebê calmo não se abala nem um pouco. — Eu te amo, Hemingway. — Enterro meu rosto em seu pelo macio e ele lambe meu queixo, me fazendo sentir o cheiro de seu hálito doce de filhotinho.

— Ei, linda.

Eu zombo de seu elogio. Estou longe de estar bonita agora. Estou pálida e sem cor, sem um pingo de maquiagem; meu moletom e camisola estão sujos e meu cabelo está opaco e sem vida. Parece que estou na cama há um mês. — Não estou bonita.

— Você está sempre linda pra mim e a minha opinião é a única que conta.

Sorrio docemente para o meu gostosão e desejo, do fundo do meu coração, que eu não estivesse tão ferrada agora. — Desculpa — murmuro quando distraidamente acaricio o pelo felpudo de Hemingway. — Eu não sei o que há de errado comigo. Não estou sendo muito justa com você.

A cama afunda quando Damon engatinha e deita ao meu lado, totalmente vestido de calça e camisa sociais habituais. Seus afetuosos olhos cor de mel me observam de perto e ele rapidamente afasta duas lágrimas perdidas que deslizam pelo meu rosto.

— Escute. Você é a pessoa mais importante na minha vida. Está sofrendo agora e precisa de mim. Nada me deixa mais feliz do que saber que você precisa de mim. Faz eu me sentir importante e... a-amado.

Ele gagueja a palavra "amado" e meu coração dispara, então se enche com mais amor do que eu jamais poderia lhe expressar. Pode ser o desgaste emocional causado pela morte de Sutton que me deixou assim, ou talvez seja apenas o que acontece quando você se apaixona. Tentei decifrar esse enigma a semana toda. Desde que o conheci, comecei a me sentir bastante chorona, sorridente, com expectativas e um monte de merda que nunca senti antes. Tenho até um cachorrinho doce que amo e mimo muito.

Ele me olha esperançosamente, com sua adorável expressão tímida, deixando minhas emoções fora de controle. Mais lágrimas fluem pelos cantos dos meus olhos e posso afirmar que ele está nervoso por ter mencionando aquela palavra com "a".

— Tenho pensado nisso e quero que você consulte um médico. Você está deprimida. Já marquei a consulta para amanhã de manhã.

— Eu te amo — confesso com uma voz que corresponde com a sua expressão tímida. É baixa e fraca, mas não menos poderosa.

Seus olhos lentamente se fecham e ele exala uma respiração profunda, como se estivesse segurando-a. Então, se inclina e segura meu rosto com suas duas mãos grandes, pressionando os lábios ternamente nos meus. Beija-me com paixão, saudade e um alívio que é palpável. Se um beijo pudesse dizer o que ele sente, este gritaria *"eu te amo"*.

— De novo — ele diz baixinho, com os olhos ainda fechados.

Farei o que ele diz. Vou repetir. Eu poderia dizer isso um milhão de vezes e nunca me cansaria de dizer a ele. — Eu te amo. — Dessa vez minha voz é mais confiante.

Ele puxa outra respiração profunda, como se estivesse absorvendo a minha confissão, então desliza para fora da cama e fica de pé, de costas para mim. O que ele está fazendo? Vejo-o abaixar a cabeça, desabotoar a camisa e tirá-la. Sua calça se junta à camisa no chão, e então ele se vira para me encarar. Seus olhos de cor âmbar parecem diferentes, estão mais intensos, como mais tesão e... apaixonados. Posso enxergar naqueles olhos a profundidade do que o meu gostosão está sentindo. Permanecendo em silêncio, ele retira o Hemingway da cama e o coloca na sua caminha de cachorro, no chão. Espreito sobre a lateral da cama e vejo que o meu bebê mimado está acomodado e voltou a dormir.

Damon rasteja de volta para a cama e me beija castamente, antes de puxar a camiseta pela minha cabeça e jogá-la no chão. Seus dedos deslizam até o cós da minha calça de moletom larga, que logo é descartada no chão também. Desde que as roupas íntimas se tornaram um incômodo, parei de usar tanto calcinha quanto sutiã para dormir. Sendo assim, fiquei diante dele, completamente nua. Ele segura minhas pernas para cima, por trás dos meus joelhos e me espalha amplamente para ele, suas bochechas estão coradas num rosa claro, insinuando sua excitação. Sei que me espelho a ele; posso sentir um calor sutil no meu rosto. Meu corpo vibra em antecipação, quando o vejo tirar a cueca boxer cinza justa. Sua ereção surge livre em toda a sua glória e aponta pesadamente na minha direção. Minha boca enche d'água para tomá-lo profundamente e sentir seu gosto na minha língua. As mãos dele descansam em meus joelhos dobrados e ele olha desesperadamente dentro dos meus olhos.

— Mais uma vez — ele ordena.

Eu satisfaço a vontade do homem pelo qual me apaixonei completamente. — Eu amo você.

Ele parece quase com dor quando eu confesso meu amor por ele e vejo seu peito subir e descer a cada respiração profunda que ele puxa. Ele é magnífico. Deslizando para baixo, de bruços, ele descansa confortavelmente entre as minhas coxas. Seus lábios macios pousam na parte interna e sensível da minha coxa, fazendo com que minhas pernas tremam, e suas calorosas mãos as acariciam, me acalmando e afastando os tremores. Seus lábios viajam pela minha perna, passando pelo meu centro e pousam na minha barriga, logo abaixo do umbigo.

— De novo — ele murmura, os lábios pressionados

na minha pele. A quentura de sua respiração invade a minha pele e faz com que o meu núcleo formigue e se contraia.

— Eu te amo.

Ele geme quando eu repito. Suas mãos deslizam pelo meu corpo e seu rosto nivela com o meu, seu olhar castanho penetrando em mim. Nossos olhares se prendem por um longo instante. A ponta larga e grossa de seu pênis golpeia minha abertura escorregadia. Calor puro reúne na parte baixa da minha barriga, esperando que ele me tome. Minhas pernas se abrem ainda mais quando seus quadris se acomodam em cima do meu corpo. Após se instalar, ele escova fios de cabelos soltos na minha testa. Ele impulsiona para frente, apenas o suficiente para romper a ponta, passando pelos meus lábios molhados. Meus olhos fecham enquanto espero que ele faça amor comigo, pela primeira vez.

— Mais uma vez — ele exige com a voz firme.

Tenho certeza de que ele está usando todo o controle que tem para se conter.

— Eu te... — quando começo a falar, ele golpeia para dentro, fazendo eu perder a respiração e as palavras.

— Diga — ele rosna e para, completamente enterrado até a base.

— Eu amo você, Damon. Eu te amo mais do que qualquer coisa neste mundo!

Uma lágrima desliza pelo canto do meu olho. Ele a enxuga com o polegar e entrelaça seus dedos com os meus e estende nossas mãos acima da minha cabeça.

— Eu não poderia te amar mais do que eu já amo. Josephine, meu coração reside com você para sempre.

Ele lembra a citação da parte traseira do relógio da minha mãe. A mesma citação que meu pai disse para ela. Meu coração aperta dolorosamente e juro que eu poderia morrer de satisfação.

— Oh, Damon — eu murmuro, lágrimas fluindo livremente.

— Não chore, meu amor. — Ele move os quadris para trás, retirando-se até a beira, então desliza, lenta e profundamente. Sinto a ponta grossa colidir nas minhas partes mais profundas. Ele se inclina para baixo, para enterrar o rosto no meu cabelo, que está espalhado gloriosamente na cama. Sua declaração de repente me faz sentir como uma deusa, e eu viro a cabeça para acariciar seu pescoço. Seus movimentos permanecem lentos, constantes e profundos. As lágrimas ainda fluem enquanto ele faz amor lento e magnífico comigo. Sustento minhas pernas tão altas quanto eu consigo, permitindo-lhe acesso mais profundo. Sua velocidade aumenta ligeiramente e sei que nós dois estamos à beira do clímax. Ele ofega pesadamente em meu ouvido e arqueio nele, quando um tsunami de prazer se prepara para me inundar.

— Ah, não pare. Não pare!

Sua velocidade aumenta ainda mais e uma de suas mãos solta a minha e desce para segurar o meu quadril, com uma firmeza sensual, mas ao mesmo tempo com leveza. A força com que ele golpeia me consome. É de tirar o fôlego, até. Meus dedos enrolam, meu núcleo contrai e uma construção monumental de picos de energia desaba. Meus músculos retesam e o pau duro de Damon aperta com força o meu canal.

Ele empurra mais e mais, em seguida para, seu pau espasma e o corpo retesa. Ele goza nas minhas profundezas e desaba em cima de mim. Liberando minha outra mão, suspiro quando envolvo meus braços em volta dele. Acaricio suas costas com as pontas dos dedos e sinto quando sua respiração acalma e seus batimentos cardíacos voltam ao normal.

— Diga que você vai ficar comigo. Não importa o que aconteça. — Sua exigência abafada sai mais como um pedido. Por que ele diria algo assim, dessa maneira? Não há a menor possibilidade de eu ir embora. Nunca. Sou completamente e irrevogavelmente dele. Nenhum outro homem poderia chegar aos pés do que eu sinto por Damon.

— Eu nunca poderia voltar à vida antes de você. Você é tudo o que eu quero. É tudo o que eu preciso. Não vou a lugar nenhum. Nunca mais. Você está preso a mim, bonitão.

Posso sentir seus lábios se transformando em sorriso no meu pescoço. Ele se retira de dentro de mim e continua descansando, metade em cima de mim, metade no colchão.

— Mesmo que leve o resto da minha vida, eu te juro, vou fazer você esquecer tudo de ruim que já te aconteceu. Nós vamos construir recordações felizes que superem as tristes em dez vezes. Eu vivo pra te fazer sorrir, Josephine.

— Bem, eu diria que você teve um bom começo, gostosão. — Enfio meus dedos em seus cabelos e o puxo levemente.

— Boa. Isso significa que a próxima parte será mais fácil.

Ele se apoia sobre um cotovelo. Seu sorriso malicioso diz muito e olho torto para ele, com desconfiança.

— Uh-huh...

Ele levanta uma das mãos, adiando o meu protesto iminente. Posso estar apaixonada e ansiosa para passar cada momento com ele, mas ainda me recuso a engolir merda de qualquer pessoa. Como diz a vó, *"se eu engolisse merda de qualquer um, acho que seria melhor ser chamada de papel higiênico".*

— Tomei uma decisão: você vem morar comigo. Oficialmente. Seu apartamento está sendo todo empacotado nesse momento, enquanto conversamos.

Ele arrisca uma olhada pra mim e vejo um lampejo de preocupação naqueles olhos cor de mel. Ah não... não posso deixá-lo preocupado assim. Por dentro, sinto como se alguém tivesse acabado de abrir as cortinas da minha vida e deixasse entrar um pouco de luz. Estou aqui há quase um mês, então é claro que adoro a ideia de morar oficialmente aqui. Não consigo imaginar estar em qualquer outro lugar. Mas por fora, devo parecer em pânico porque ele está, obviamente, preocupado com a minha reação.

— Antes de começar a brigar, você deve entender algumas coisas. Esse assunto não é negociável. — Damon mantém suas mãos para cima, os dedos assinalando cada um de seus argumentos. — Sou seu namorado. Eu te amo. Preocupo-me com você. Estou com tesão quase sempre e você também. Acho que você está deprimida e precisa de mim. Você não ficou na sua casa um único dia esse mês. E também tem o Hemi. Eu não quero entrar numa briga desagradável pela custódia dele com você, Josephine, mas não me desafie. — Ele pisca após a última parte e eu reviro os olhos.

— Nunca! Ele me ama mais!

Ele aperta o peito dramaticamente, ganhando uma risada minha. — Isso é porque você é a mãe. Todo mundo sabe que as crianças sempre amam suas mães um pouco mais. E você o mima demais, também.

Sua acusação me faz fingir estar horrorizada. Sem dúvida que eu mimo o Hemingway, mas isso é o mais gostoso. Eu o amo demais para não mimá-lo.

— Bem. Já que não é negociável e tudo...

Ele abre aquele sorriso derrete calcinha e tenho certeza de que eu visivelmente perco as forças diante dele. Se o céu existe, então tenho certeza de que ele deve ser isso.

Capítulo Vinte e Dois

Esqueletos no armário

— Você está tendo pensamentos suicidas ou algo assim?

Semicerro os olhos para o idiota sentado à minha frente. — Não — eu disparo. Não sou suicida. Estou de luto. Só isso! Não acho que eu consiga me machucar, mas se ele fizer mais alguma pergunta irritante, posso pensar na possibilidade de bater com aquele maldito caderno de anotações com capa de couro na cabeça dele.

Ele me avalia como o psiquiatra que é e anota algo no caderno em seu colo.

— Sabe, anotar coisas sobre mim está realmente me irritando. Portanto, guarde a porra das suas anotações para mais tarde. Pode ser? — Bato minha mão no braço da cadeira. Isso é ridículo. Essa era a ideia de eu ver um médico, mas não pensei que seria assim. Ele está me deixando agitada. É um homem mais velho, de boa aparência, mas sua falta de respostas para mim está além de frustrante. É isso que é terapia?

— Por que as minhas anotações te incomodam?

— Eu só... não gosto da ideia de você... escrevendo merda sobre mim em seu caderninho. Você nem me conhece, então como pode escrever alguma coisa sobre mim?

Ele dá um aceno impessoal e continua a escrever. Idiota.

— Por que você tem a impressão de que eu penso mal de você? Que eu escreveria "merda" sobre você? — Ele usa aspas no ar, o que só me perturba mais. É irracional. Estou ciente disso, mas, porra, ele está me irritando.

— Não sei. Talvez porque eu esteja namorando um empresário rico, que te pagou seis meses adiantado para me ver, porque sou uma fodida e fui uma órfã sem-teto, cheia de esqueletos prestes a saírem de dentro do armário?

— Suponho que você não se sinta à altura do Sr. Cole, não é?

Encaro-o como se ele fosse a pessoa mais estúpida do mundo. — Hum, que parte dessa comparação você não entendeu? Empresário rico. Sem-teto, desempregada, órfã. — Estendo minhas mãos como uma balança e ergo uma sobrancelha.

— Josephine, não acredito que Damon a veja assim. Então por que você se julga dessa forma? Por que não me conta outra coisa?

Bem, merda. Não tenho uma resposta para isso. — Eu não sei — murmuro e brinco com um fiapo no meu jeans. — Acho que nunca pensei em mim de outra maneira.

— Certo, agora, quero que você se defina de forma diferente pra mim. Quero que você se apresente e diga todas as coisas positivas sobre você.

— Agora?

Ele assente e vejo sua estúpida caneta pronta para escrever.

— Tudo bem. Hum... Acho que eu, hum, trabalho duro. Não desisto facilmente. Posso apanhar muito, verbal ou fisicamente, e ainda assim não desisto. Sou autodidata, aprendi sozinha quase tudo, desde que saí da escola, quando tinha doze anos. Entendo muito de livros, Sutton até costumava me chamar de biblioteca ambulante. — Pensar nisso me faz sorrir, mas logo bate a tristeza. Ainda não acostumei com o fato de que ele não está na loja me esperando. E não caiu a ficha de que, quando eu for pedir comida chinesa, não pedirei o seu frango agridoce de sempre.

— Vamos falar um pouco sobre ele.

Olho de relance para o psiquiatra velho e sou obrigada a falar. — Quando fui ao *The Diner,* hoje de manhã, para o meu habitual café da manhã, juro por Deus que vi um homem mais velho andando pelo estacionamento que poderia facilmente ser irmão gêmeo de Sutton. Meu coração quase parou quando o vi. Sei que não podia ser ele, quer dizer, eu o enterrei. Bem ao lado dos meus pais, na verdade. Fui a última a vê-lo antes de fecharem o caixão. Ele parecia calmo. Como se ele estivesse dormindo, sabe? Eles o fecharam na minha frente e o enterraram. Somente quatro pessoas foram ao funeral dele. Eu, Damon, Brian, por consideração a Damon, acho, e um de seus vizinhos. E só. Ninguém se importou com a morte dele. Isso ainda me deixa triste e chateada. Mais pessoas deveriam ter se importado! Mais pessoas deveriam sofrer por ele! Não apenas eu! Estou tão cansada de ser a única a sofrer. Não é justo comigo! — falo enrolado e caio aos prantos, extravasando minhas emoções. O bom médico vem até mim e se agacha na minha frente. Ele me dá um lenço de papel e um tapinha nas costas. Coloca a caixa de lenço no meu colo e retorna ao seu lugar.

— Josephine, você está de luto. Está com raiva e isso é normal. É normal querer culpar alguém pelas coisas que têm acontecido. O primeiro passo que quero que você trabalhe é admitir as coisas que têm te magoado. Pare de lutar contra tudo isso. Permita-se sofrer. Permita-se chorar tanto e por quanto tempo for preciso, até que você coloque tudo pra fora. Você não pode dissimular todas essas coisas. Você tem um futuro pela frente e posso ver que você quer seguir em frente, mas tem que cortar seus laços com o passado, minha jovem.

Concordo com a cabeça e seco os olhos. — Eu sei. Quero tentar. De verdade. Damon merece o melhor. Ele é incrível e eu o amo. Vou tentar por ele.

O doutor me dá um meio sorriso e verifica seu relógio. Logo em seguida, encerra nossa primeira sessão.

— Até a próxima semana, doutor — digo, dando-lhe uma saudação com a mão. — Obrigada.

Quando chego na BMW de Damon, descanso minha cabeça no volante. Ainda não quero voltar para a cobertura. Aquilo lá está uma bagunça enorme, com um monte de caixas abarrotadas de porcaria inútil da minha mudança. Só consigo pensar em uma pessoa para me animar; meu bilhete de entrada é um saco cheio de balas de amendoim. Perfeito.

Depois de parar num posto de conveniência para comprar as balas da vó, eu corro para o lar de idosos. Adoro essa mulher e juro por Deus, ela é o melhor remédio que o médico receitou agora há pouco. Ela é sábia, engraçada e inteligente. Eu poderia aproveitar uma agradável e longa visita com a vó para me distrair. Entro no estacionamento, paro o carro e o desligo. Antes de sair, envio um SMS para Damon, avisando onde estou.

Parei para visitar a vó. Não demoro. Te amo.

Um SMS entra na minha caixa de entrada um minuto depois. Eu o abro enquanto caminho pelo estacionamento.

Repete. ☺

Sorrio amplamente e digito um outro SMS.

Eu. Te. Amo. ☺

Meu celular vibra com a chegada de um novo SMS enquanto caminho pelo corredor em direção à suíte da vó.

Boa menina. Eu também te amo. Dá um beijo na vó.

Enfio o celular na bolsa e, depois de virar a esquina, entro em seu quarto, que já estava com a porta aberta.

— Oi, vó, eu trouxe su... — Congelo no lugar quando vejo que ela já tem companhia. — Oh, me desculpe. Posso voltar depois.

— Não, não! Traga-me esse doce, menina!

Dou um sorriso hesitante e caminho pelo quarto. Um homem mais velho, com olhos vidrados e injetados e cabelo loiro prateado abre um sorriso exibindo os dentes. Ele está sentado na cadeira ao lado da cama da vó. Quem é esse cara? Entrego o saco de doce da vó, que o rasga feito uma alucinada, e espero ser apresentada.

— Josephine, este é meu filho, Edward. Eddie, esta é Josephine, namorada de Damon.

Suas sobrancelhas arqueiam e ele cruza os braços sobre o peito. — Ahh. Então você é a putinha vagabunda que eu deveria ficar longe.

— Com quem diabos você pensa que está falando, seu bêbado imundo? — ataco de volta.

— Ei! Vocês dois, parem com essa porra! — a vó facilmente interrompe nosso ataque verbal e nos resignamos a olhares de reprovação e virar de olhos pelo resto do tempo da minha visita. Tento ficar animada.

— Mãe, vou dar o fora. — Edward, aquele pedaço de merda bêbado, se inclina e dá um abraço meia-boca na vó.

Oportunidade bate à porta.

— Sim, acho que seria melhor eu ir também. Damon está me esperando. — Inclino-me para beijar sua bochecha enrugada e abraçá-la.

Corro para alcançar Edward no corredor. — Ei!

Ele para e se vira para mim.

— Eu não sei quem diabos você pensa que é, mas fale comigo daquele jeito novamente e vou socar essa sua cara até você cair!

A próxima coisa que eu sinto é a sua mão nojenta colidindo no meu rosto. Este ser desprezível acabou de me dar um bofetão. Ele perdeu o juízo. Sem pensar, minha mão recua e então meu punho cerrado atinge diretamente na sua boca bêbada nojenta. Ele resmunga e aperta com força sua boca sangrando.

— Você nunca mais coloque suas mãos em mim

novamente — grito com os dentes tão cerrados que chegam a ranger. Viro e vou em direção à saída. Olho para uma enfermeira quando saio, seus olhos estão arregalados de choque. Droga, minha visita será proibida e Damon ficará irritado. Exatamente o que eu preciso nesse momento.

Na volta para casa, tento encontrar uma desculpa decente para minha possível proibição no lar de idosos, mas nada me vem à cabeça. Aposto que já entraram em contato com ele para lhe contar sobre a minha briga com o pai.

— Que ótimo — murmuro sozinha quando digito o código e as portas fecham para me levar diretamente para minha ruína. Vou ser honesta e me explicar. É a única chance que tenho, a melhor coisa a fazer. Se ele ficar irritado, vou rastejar até que ele me perdoe. Sim! Esse é um bom plano.

— Cheguei! — grito. Ninguém aparece. Onde eles estão? Hemingway normalmente vem correndo escorregando e deslizando todo desajeitado até o hall de entrada. — Olá?! — Ando pelo corredor em direção ao escritório de Damon, desacelerando os passos quando o ouço falar. Quem está aqui? Paro diante da porta entreaberta do escritório e vejo Damon na cadeira e Hemingway sentado na mesa, olhando com atenção para a tela do computador.

— E esse, Hemi? O que você acha? Será que ela vai gostar?

Damon bagunça a cabecinha peluda do Hemi antes de me notar na porta. Sua mandíbula cerra e sei que ele está irritado. Ele coloca Hemingway no chão e vem até mim com pressa. Ele pega a minha mão e me arrasta para o quarto. Ai, merda... Sua mão agarra o meu queixo e me obriga a olhar no espelho e vejo por que ele está enlouquecido. Meu lábio inferior está cortado e com sangue seco logo abaixo dele. Droga. Eu nem sequer senti isso. Ou o gosto do sangue. A adrenalina faz coisas desse tipo.

— Quem cortou seu lábio? — Seu peito sobe e desce pesadamente, seu rosto está vermelho e o punho tão cerrado que os nós dos dedos estão brancos.

— Entrei numa briga com seu pai. Ele me deu um tapa, então lhe dei um soco. Ele parece bem pior do que eu.

— Josephine, não estou achando graça do seu deboche. Diga-me que porra aconteceu. Agora.

— Ele estava lá com a vó. E me chamou de putinha vagabunda. Eu o parei no corredor para dizer que não falasse mais assim comigo e ele me deu um tapa, então eu lhe dei um gancho de esquerda. Acertei-o em cheio, modéstia à parte — digo a última parte com orgulho, porque é verdade. A cara dele sangrou muito mais do que a mísera gotinha de sangue do meu lábio cortado.

— Eu vou matá-lo. Juro por Deus, vou enterrar aquele pedaço miserável de merda! Ele já arruinou a minha vida, não vou deixá-lo se meter com você!

Capítulo vinte e três

Respostas

— Você não tem que limpar isso como se fosse uma ferida mortal, sabe. Esse antisséptico arde de verdade!

Damon volta seu olhar cor de âmbar ainda furioso para mim e decido que é melhor eu ficar de bico fechado até que ele esfrie a cabeça. Ofereço um sorriso fraco, mas estremeço quando o corte do meu lábio repuxa. A minha expressão de dor alimenta ainda mais a raiva do meu gostosão. Ele aponta o dedo para mim e eu congelo no lugar.

— Se você o vir novamente, saia de perto dele. Não importa onde esteja. Saia de perto e me ligue imediatamente. Não quero você em nenhum lugar perto daquele filho da puta. Entendeu?

O tom e a urgência na voz dele me deixam um pouco assustada. Posso lidar com um bêbedo assim como qualquer outra pessoa, mas algo me diz que ele não é um típico bêbado babaca. Algo diferente na voz de Damon me deixa preocupada de verdade. Ele tinha um sorriso sinistro no rosto quando entrei naquele quarto. Não era o tipo de sorriso que significa algo de bom. Preciso de algumas respostas, mas é claro que elas não virão de Damon. Ele está muito perturbado e firme sobre me manter afastado do pai dele. Terei que conversar com a vó novamente.

— Vou ficar longe dele, amor. Fique calmo, tá bem?

— Dou um passo até seus braços e acaricio a esculpida maçã de seu rosto. — Você não tem que se preocupar comigo. Sou uma moça crescida. — Sorrio, mas isso não melhora o seu humor.

— Você não entende, Josephine. — Ele balança a cabeça e me puxa para seu peito. Seus braços apertam em volta de mim e eu mal consigo respirar. Ele está apavorado. Algo está errado.

— Ele destrói tudo que o toca. Suga a vida de todos ao seu redor. Usa e magoa as pessoas, e depois as descarta, quando elas não têm mais serventia. Eu ficaria completamente devastado se te perdesse por causa dele. Eu não conseguiria viver sem você. Não quero viver sem você.

Suas palavras me deixam preocupada e mais profundamente apaixonada, de uma só vez. Parece que o meu pobre gostosão é perturbado, assim como eu. Talvez eu devesse levá-lo ao psiquiatra. Sorrio por dentro com a ideia de Damon sentado na cadeira em que estive, conversando com meu novo psiquiatra sobre o que quer que fosse. Não consigo imaginá-lo fazendo isso.

— Você já foi alguma vez a um psiquiatra? — pergunto, sem nem mesmo pensar.

— Já. Vejo o Dr. Versan há anos. — Ele me libera e começa a arrumar o kit de primeiros socorros.

— Oh. Eu... ele não disse. — Não sorrio mais. Anos? O quão perturbado ele é?

— Ele não tinha que te dizer nada. Recebeu ordens para isso. Além do mais, ele é obrigado a respeitar o sigilo medico paciente — ele simplesmente explica.

— Quando você começou a ver o velhote? — Sei que não deveria empurrá-lo, mas quero saber, tenho que saber. Sou bastante perturbada e ele sabe todos os meus problemas com a exceção de um ou dois, mas não sei quase nada sobre o seu passado. Ele nunca o mencionou até agora e não me preocupei muito em incentivar o assunto.

— Há muito tempo atrás. Eu era adolescente quando me tornei seu paciente. A vó o encontrou para mim.

É isso? — O q...

— Não quero falar sobre isso agora, pode ser?

— Ei. — Seguro seu braço, detendo sua arrumação. — Quando e se você quiser conversar sobre isso, estarei aqui e não vou a lugar nenhum.

— É exatamente por isso que eu não quero conversar.

O quê? Franzo as sobrancelhas, confusa com o que ele disse.

—Agora, vamos mudar para temas mais... prazerosos. — Sua mão passeia pelo meu vestido de algodão e vai direto para a junção das minhas coxas. — Você já está pronta pra mim?

— Quase — digo com voz trêmula.

Dois dedos inteligentes vão diretamente para o meu clitóris e friccionam na união de nervos ultrassensíveis. Fecho os olhos. Minha cabeça inclina para trás. Com um rápido puxão na minha calcinha de renda, ele me deixa nua e devassa. Observo que o meu homem robusto tem um método para a sua loucura: rasgar facilmente calcinhas de rendas delicadas, especialmente quando elas estão úmidas. Não é de se admirar que o armário esteja abastecido com tantas. Que malandro. Amo isso. Ele agarra minha cintura e me levanta para me sentar na bancada do banheiro. Meu coração dispara no peito. Sei que ele está frustrado e dessa vez é para trazer alívio. Ele não vai fazer amor lento comigo. Ele vai me foder duro e rápido e estou pronta para isso.

— Quem mantém essa doce boceta molhada, Josephine? — Suas palavras e respiração contra a minha bochecha provocam arrepios.

— Você — digo baixinho.

Seus longos dedos deslizam em minhas profundezas, promovendo a minha necessidade de ser preenchida por ele. — E você sabe por que essa boceta fica molhada para mim, Josephine? — Seus dedos deslizam pelas minhas paredes internas três, quatro, cinco vezes antes de serem retirados. Faço que não com a cabeça. Ele enfia os dois dedos, cobertos pela minha excitação, na boca e cantarola deliciosamente enquanto os chupa.

— Porque... — Ele desabotoa e abre o zíper da calça do terno, libertando sua ereção, que contrai e se projeta para fora, na minha direção.

— Isso... — Ele lentamente puxa meu vestido para cima, em volta da minha cintura.

Olho para baixo, e a visão de sua ponta grossa roçando na minha abertura, esperando-o, faz meu corpo desejar o dele.

— É... — Ele segura a base de seu pênis com uma das mãos e desliza a cabeça para cima e para baixo, na minha abertura, seus olhos cor de âmbar encontrando os meus.

— Meu! — ele fala alto, quando avança para frente, para dentro de mim.

Eu grito. Nem todo sexo do mundo com ele pode me preparar para a sua plenitude. Ele faz uma pausa, apenas tempo suficiente para eu recuperar o fôlego que seu poder arrancou de mim. Suas mãos apertam meus quadris com tanta força, que tenho certeza de que deixará marcas. Envolvo minhas pernas em sua cintura, permitindo o acesso que ele exige. As veias de seu pescoço sobressaem e pulsam, os olhos nublam de paixão. Sinto-o sair de mim, e cada saliência e veia de seu eixo deslizam deliciosamente pelas minhas paredes internas. Ele desliza profundamente de volta, sua ponta grossa golpeando meu interior e enviando ondas de prazer e de dor em mim. Ele estabelece um ritmo insano, um ritmo de penetração que estremece meu útero. Seguro seu ombro musculoso enquanto ele mergulha profundamente, várias e várias vezes. Com cada mergulho e retirada, sou levada à liberação. Olho para baixo e aprecio a beleza erótica de nossos corpos se unindo. A visão dos meus lábios vaginais acomodando sua larga circunferência envia uma nova onda de calor para o meu centro, acelerando minha pulsação ainda mais. Ele me agarra firme e segura minha bunda para me levantar da bancada. Estou pressionada nele, peito com peito, enquanto ele nos leva para a parede.

— Segure-se firme, amor — ele avisa, e não tenho a menor dúvida de que devo obedecê-lo. Agarro-me firme a ele. Estou presa entre seu peito musculoso e a parede. Suas mãos estão abertas na extensão da minha bunda. A dor de suas unhas curtas, cravando em minha pele suave, é bem-vinda. Ele puxa seus quadris dos meus, tirando o pênis grosso de dentro de mim. Então desliza de volta, golpeando-me mais forte e rápido. Seus movimentos continuam implacavelmente. Ofego e cravo as unhas em suas costas. Seus rosnados e grunhidos de prazer são os únicos sons a serem ouvidos, além do som de nossos corpos úmidos colidindo. Estou completamente sem fôlego e eufórica. De repente, meu corpo começa o aperto familiar e a sacolejar mais, quando um súbito orgasmo desaba em mim.

— Ah, Damon! — grito seu nome e minha visão se torna distorcida e irregular. Ar assobia por entre meus dentes cerrados. Ele avança mais uma vez e para, enfiado profundamente em mim.

— Porra! — ele grita enquanto seu corpo treme e seu pênis contrai dentro de mim.

Sua liberação me enche de calor de novo e delicio-me com a sensação.

— Nunca me deixe, por favor — ele murmura.

Seu apelo me desperta da minha euforia e então percebo quão apavorado ele realmente está de me perder. Merda, talvez ele tenha tanto medo da perda quanto eu.

Aliso seu cabelo por entre meus dedos. — Por que você está com medo de me perder? Não vou a lugar nenhum. Meu coração é seu. Eu não podia te deixar, mesmo que eu tentasse.

Ele inclina para frente e descansa sua testa no meu ombro. — Só nunca me deixe.

— Eu não vou.

Sinto seu corpo relaxar consideravelmente e, de uma só vez, percebo que o medo não é por minha causa. Sua mãe o abandonou ainda bebê. Essa é a razão pela qual ele tem tanto medo de me perder. Meu homem grande e forte tem problemas maternos. Minha nossa! Não é à toa que ele se consulta com o Dr. Versan.

Ele se retira de dentro de mim e o sêmen vaza. A adrenalina não alivia a dor nas costas e uma vagina latejante. Ando na ponta dos pés para recuperar minha calcinha, como se andar levemente fosse, de alguma forma, aliviar minha dor. Dou uma olhada em Damon, que me lança um olhar tímido. Merda. Tenho que começar a esconder melhor o meu desconforto ocasional quando ele for bruto. Vê-lo arrependido é triste e muito mais doloroso do que a minha pequena dor temporária.

— Não me olhe assim, eu estou bem.

— Não, você não está. Eu deveria saber que não devo te tocar quando estou puto. Machuquei a minha mulher.

Ele dá um passo até mim e me puxa em seus braços, exatamente onde eu gosto de ficar. Peito com peito, minha cabeça encostada no seu coração.

— Eu estou bem. Te amo.

— Te amo mais do que você imagina.

Sorrio com o rosto pressionado no peito dele, posso ouvir seu coração batendo. Isso é que é vida boa, bem aqui.

— Odeio ter que te deixar sozinha, mas tenho alguns assuntos para tratar.

Minha chance! Vou conversar com a vó...

— Não tem problema. Eu estava pensando em ir ao

supermercado. — Aliso meu vestido para baixo e vou até o closet para pegar uma calcinha nova. Viro-me e vejo Damon, carrancudo, atrás de mim. — O que foi?

— Você não precisa fazer compras. Pago uma pessoa para fazer isso por nós.

Nós. Que lindo.

— Isso é um enorme desperdício de dinheiro, Damon. Posso muito bem fazer compras. Sem dizer que tenho o resto do dia livre. Hemingway e eu vamos enlouquecer se ficarmos presos aqui, sem fazer nada.

Ele pega a carteira e a abre. — Aqui. Vá comprar algumas merdas para o Hemi ou para você. O... o que quiser.

Lá vem a questão do dinheiro. Ele empurra um cartão de crédito em meu rosto e o nome nele me chama a atenção. O quê? Pego o cartão de sua mão e o seguro tão perto, que ele toca o meu nariz, para ter certeza de que não estou vendo errado.

— Esse é o meu nome! — Seguro o cartão plástico em tom acusador.

— Sim. Você é minha namorada. Planejo ficar com você para sempre. Nós moramos juntos. Você precisa ter acesso ao dinheiro. E aqui está. — Fico boquiaberta e, simples assim, perdi a batalha. Mais uma vez. Ele dá um passo à frente e fecha minha boca com um dedo, pressionando meu queixo, então me beija com ternura. — Eu amo você, mulher. Você e o garoto peludo fiquem fora de problemas. Estarei em casa em algumas horas.

Ele sai do closet enorme, que agora está com todo o

lixo da minha mudança num dos lados. Olho para baixo e vejo Hemingway lambendo os beiços, efetivamente me lembrando que o meu "garoto peludo" precisa de comida.

— O que vamos fazer com o nosso cara, Hemingway? Ele é um mistério. Precisamos de respostas. — Pego o meu carinha no colo e sigo para a cozinha, mas não antes de pegar meu celular. Vou ligar para a vó. Ela deve me esclarecer um pouco.

Capítulo Vinte e Quatro

Destruída

Pego meu celular e disco para a vó, enquanto distraidamente olho Hemingway devorar sua comida.

— Alô?

— Oi, vó, é Jo.

— Oi! Estou tão feliz que você ligou. Peço desculpas por esse meu filho. Juro, ele gosta de me envergonhar como mãe.

Faço um estalo com a língua, com seu pedido de desculpas. — Ele é um bundão crescido, vó. Deixe-o ser o estúpido que quiser, você não tem culpa. Ei, eu queria saber se você tem um tempinho pra conversar?

— Claro. Tudo pela minha fornecedora.

Gargalho alto; nossas trocas de balas de amendoim, na verdade, me fazem lembrar que isso é pior do que drogas, e aqui estou eu, permitindo que uma velha senhora perca os dentes.

— Então, eu estava querendo saber sobre a mãe de Damon. Qual é a história? Tipo, tooooda a história.

Ela suspira com conhecimento de causa e posso dizer que ela vai desistir das mercadorias. — Bem, acho que você vai descobrir mais cedo ou mais tarde. A mãe de Damon era jovem. Muito jovem. Edward já era casado e tinha um bebê a caminho com a minha, agora, ex nora. Bem, pelo que eu sei, Eddie enganou e engravidou essa moça. De Damon. O nome dela era Beverly; não me lembro o sobrenome, mas lembro que o primeiro nome dela era Beverly. De qualquer forma, Eddie foi horrível com ela e quando Damon nasceu, ela apareceu na minha casa, já que nessa época Eddie já tinha se separado da esposa e estava morando na minha casa. E lá estava ele; um pequeno menino envolto em uma manta azul. Disse que seu nome era Damon, e que ele era todo nosso. Disse que era muito pobre e jovem e não podia suportar olhar para Damon. Eu nunca disse a ele essa parte, então por favor, guarde isso pra você. Isso não me surpreendeu, de qualquer forma. Ouvi o modo que Eddie falou com ela ao telefone uma vez, ele é um homem sem vergonha. Eu não o deixaria tratar o meu neto da mesma forma que tratou aquela pobre garota, então o obriguei a fazer a coisa certa e criar o filho. Minha nora se divorciou dele assim que descobriu tudo, foi um inferno tentar uma conciliação. Ela deixou a cidade com a minha neta e nunca mais teve qualquer relacionamento com Eddie. Não a culpo por isso.

Fico de boca aberta e ouço a vó soltar um longo suspiro triste. Meu Damon, pobre Damon.

— Não posso acreditar... Estou tão chocada. Não é de se admirar que você o fez procurar o Dr. Versan quando ele era adolescente. Ele deve ter lidado com um monte de merda. Um bêbado como pai e ser rejeitado pela mãe.

Ela deixa escapar outro suspiro. — Bem, na verdade, isso é uma outra história trágica. Ele começou a ver Versan após o acidente.

Acidente? Que acidente? Ele nunca me falou sobre qualquer acidente. Ele sabe do meu, mas nunca falou nada sobre ter se envolvido em um.

— Então, por que exatamente ele precisou ver o Versan após o acidente? — Por favor, continue falando. Por favor, continue falando. Posso ouvi-la respirar profundamente e sei que ela está hesitante em dizer mais.

— Querida, você tem que entender. Ele tinha apenas dezessete anos quando aquela coisa horrível aconteceu e ele não conseguia lidar com isso.

— Lidar com o quê?

— Ele e Eddie estavam discutindo e bateram de frente, em uma família.

Meu coração dispara no peito e de repente aquela familiaridade me atinge como um tiro de espingarda.

— Quando isso aconteceu? — meus olhos travam num ponto no chão e não consigo desviar. Minha concentração é completamente consumida pela história da vó.

— Em junho de 96, eu creio. A mãe e o pai morreram. Havia uma menina que Damon tirou do carro, mas nunca soubemos o que aconteceu com ela. Acho que ela sobreviveu, mas quando procuramos informações sobre ela, éramos totalmente detidos a cada passo por causa da burocracia no sistema de adoção. Damon nunca superou isso, ele disse que a menina partiu seu coração. Ela gritava por seus pais e estava coberta de sangue. Ele disse que sabia que eles tinham morrido, mas ele só conseguiu agarrar a menina e a levou para longe. Você entende, querida? Ele se culpa pelo acidente, por ter matado aquelas pobres pessoas.

Meus olhos arregalam e meu coração aperta. — Eu tenho que ir. — desligo antes que ela possa responder. Olho fixamente para o vazio, enquanto tento me concentrar em respirar. Ele matou meus pais. O homem por quem sou apaixonada, matou meus pais. Ele tirou *maman* e *papa* de mim. Toda a minha vida tem sido a porra de um inferno por causa dele. Eu o odeio. Odeio quase tanto quanto o amo e estar dividida assim é um inferno que não desejo a ninguém.

Faça alguma coisa. Qualquer coisa. Saio do meu transe e olho para baixo, para o Hemingway. Eu o pego no colo e subo as escadas correndo e vou para o quarto. Coloco-o em cima da cama e corro para o closet. Pego uma caixa e começo a encher. Não posso ficar aqui. Não posso ficar com ele. No momento em que penso nisso, meu coração se quebra em um milhão de pedaços. Curvo-me e junto um monte de roupas nos braços e as jogo de volta na caixa, de onde vieram. Atiro as coisas aleatoriamente e depois vou para o banheiro e faço o mesmo. Junto todas as merdas de Hemingway e as embalo com pressa. Uma por uma, carrego as caixas para baixo, até o grande sedan cinza que herdei do Capitão. Não acredito que estou indo embora. Não quero ir embora. Mas eu tenho que ir. Ele matou meus pais, pelo amor de Deus. Porra, ele sabia quem eu era! Tinha que saber. O pensamento de ele saber e esconder de mim, me deixa muito puta. Dou mais uma varredura pela cobertura para ver se sinto falta de alguma coisa importante. Procuro o relógio da minha mãe, mas não o encontro. Droga! Coloco meu cachorrinho na caixa de transporte e vou embora.

Chego na casa de Sutton e hesito quando destravo a porta e entro. Respiro fundo. Estou pronta para isso. Ainda há invólucros plásticos no chão, dos materiais médicos esterilizados, que os paramédicos usaram nele. Coloco a caixa transportadora de Hemingway para baixo e entro em colapso, desabando no chão. Choro e soluço. Choro pela perda dos meus pais; pela de Sutton, meu Capitão; por me apaixonar por um homem que é a minha outra metade absoluta e o perder pelas circunstâncias. Bato o punho com força no chão, a dor aguda irradiando pelo meu braço.

— Por favor, Damon, não. Ele não — grito sozinha. Lágrimas fluem pelo meu rosto. Meus olhos incham e ardem, mas nada comparado com a tortura que estou sentindo por dentro. Traí a memória dos meus pais ao me apaixonar pela pessoa responsável por suas mortes. Nunca vou me perdoar. Sofro por Damon, também. Quando ele descobrir que eu sei e que o deixei, ele vai pirar. Não quero magoá-lo como sua mãe o magoou. Eu o amo demais para lhe causar dor.

— Droga! — Eu tenho que vê-lo. Tenho que tentar explicar por que não posso mais ficar com ele, e preciso de respostas. Preciso saber se foi tudo uma grande mentira. Se o que temos é uma mentira...

Quando entro no edifício alto, olho para Howard e o ouço falando ao telefone, em sua mesa.

— Ela acabou de entrar, chefe.

Eu nem sequer o cumprimento enquanto ando em direção aos elevadores. Esfrego os olhos e respiro fundo. O elevador chega e as portas se abrem.

— Vamos lá — murmuro baixinho, quando entro

no hall principal. Soco o código e abro a porta, entrando na sala com as pernas bambas. Minhas mãos estão tremendo incontrolavelmente. Posso sentir meu lábio trêmulo e não me incomodo em tentar esconder minhas emoções. Eu a deixo fluir, desinibida; para o inferno com o meu autocontrole.

Ele está esperando por mim. Eu o sinto na sala.

— Você sabia.

O olhar de Damon dispara em mim e sem dizer uma palavra, sei que estou certa. A tristeza e o arrependimento que vejo em seu olhar, desaba em cima de mim como o mais pesado dos fardos.

— Não. Não. — balançando a cabeça, implorando por palavras de negação dele, mas ele não diz nada.

Então se levanta e começa a andar na minha direção, mas reflexivamente, recuo à medida que ele avança.

— Não. Você não, Damon. — Minha voz treme através da minha choradeira silenciosa.

— Josephine. Amor, me escute.

— NÃO! Nunca mais me chame assim!

Ele para no meio do caminho e passa as mãos pelo cabelo escuro, despenteado. Parte de mim quer abraçar o homem que amo tão completamente, mas a minha parte ferida não quer nada mais do que causar a dor que eu senti por dezesseis longos anos longos infelizes. Nos encaramos por um momento. Que merda devo fazer com isso? Apaixonei-me pelo homem que matou a minha família. E deixou eu me apaixonar por ele. Ele sabia quem eu era, e nunca disse uma palavra. Ele me tirou o chão. Me fez querê-lo. Então, me fez precisar dele e agora eu não consigo imaginar minha vida sem ele. Eu o amo e preciso dele, mais do que a minha próxima respiração.

— Jo, eu queria te contar. Eu tentei. Droga, você tem que acreditar em mim, meu amor.

— Quanto tempo? Há quanto tempo você sabe? — minha voz é um sussurro baixo, mas ameaçador ao mesmo tempo.

Os olhos âmbar de Damon não estão mais acolhedores e convidativo. Eles parecem atormentados e vazios, mais instáveis. Seu peito desinfla e estou dividida entre abraçá-lo e atacá-lo com as minhas unhas.

— Quando você me deu o seu endereço de e-mail no café, pensei ter reconhecido o nome. Verifiquei para ter certeza. E depois o relógio, lembrei de ter visto no pulso de sua mãe quando cheguei sua pulsação. E confirmei quando vi a cicatriz na sua perna. Eu soube que era você.

É por isso que ele ficou estranho quando viu minha cicatriz? Ele sabia que era do acidente. Ele verificou a minha identidade quando transamos pela primeira vez?

— Seu filho da puta. Você viu a cicatriz e o relógio que provou quem eu era e ainda assim me comeu? Ou talvez seja por isso que você me comeu. Na realidade, provavelmente essa seja a única razão pela qual eu esteja aqui agora. Certo? Tentando fazer a coisa certa? Tentando me comprar com o seu dinheiro e presentes para que você possa dizer que sua dúvida foi quitada? Então, ter causado a morte de meus pais não o fez se sentir um merda? Eu sou a porra de um caso de caridade. É isso que é. Você não me ama, está tentando acertar as contas. Você não tem um pingo de vergonha e não consigo mais suportar olhar a sua cara.

Eu sabia que minhas palavras o machucaram, porque quando eu as disse, me devastou. Não quero acreditar numa única palavra. Não acredito que ele não me ame. Não consigo. Mas o meu juízo está distorcido. Isso tudo é tão fodido. É mais terrível do que o meu pior pesadelo.

— Por favor, vamos tentar resolver isso. Você é o meu tudo, Josephine. Você é o meu mundo. Eu preciso de você. — ele começa a se mover na minha direção novamente, e levanto a mão, o detendo no lugar.

— Sim, bem, eu não preciso ou quero você. Eu te odeio, Damon, — minto. Deus, como eu minto. Preciso e o quero mais do que posso expressar. As palavras falham-me da pior maneira, quando tento pensar em maneiras de descrever o quanto o amo.

Viro-me no lugar para que o meu corpo entorpecido me leve para longe deste lugar tão rápido quanto possível. Por algum milagre, me encontro correndo de volta para a porta. Sei que Damon está na minha cola, posso senti-lo perto de mim como sempre sinto. Seus dedos apertam a dobra do meu cotovelo e eu giro para encará-lo. Puxo-o com força de seu agarre.

— Não me toque! — praticamente rosno.

O rosto de Damon é de completo desespero e sofro ainda mais com essa visão. Não creio que Deus seja tão injusto. Porque razão fui submetida a isso? Não é justo. Eu perdi tudo. Amo um homem que não posso me permitir ter. Ele é a razão da minha vida ter sido tão horrível. Sabia a verdade e escondeu de mim. Ele cai de joelhos diante de mim e meu coração aperta no peito com tanta força que acho que posso estar tendo um ataque cardíaco. Sua cabeça pende para baixo e ele encara o chão. Estou aqui, desejando que eu pudesse mudar tudo. Desejo poder ser dele e ele meu, mas simplesmente não é possível. Odeio a vida por ter feito isso comigo.

— Por favor. Deixe-me explicar — ele murmura, e vejo lágrimas caindo de seus olhos, no piso de cerâmica. Ele não consegue sequer me olhar. Meus lábios tremem e estou morrendo mil mortes, assistindo a cena do meu homem forte se ajoelhando em derrota.

— Eu não posso. — forço as palavras e odeio o que digo. Mas que outra opção eu tenho? Qualquer coisa que sinto por ele, enfraquece em comparação a dor que sempre vou sentir pela perda de meus pais e os anos de inferno de suas mortes precipitadas. Viro-me para ir embora sabendo que estou matando a nós dois, mas não consigo olhar para o homem que tirou meus pais de mim, anos atrás. Bato a porta da frente com tanta força, que me assusto. Mesmo com a porta pesada e as paredes, ouço Damon desesperado, perdendo o controle. Ignoro os gritos animalescos e barulho de coisas sendo destruídas e apenas corro para o carro de Sutton. Droga! Não quero deixá-lo assim. O pensamento dele sofrendo, deixa meu coração em frangalhos, mas não tenho escolha. Tenho que sair daqui e espairecer a cabeça antes de fazer qualquer outra coisa.

Capítulo Vinte e Cinco

Melhor e pior

Meu telefone tocou sem parar, até que o desliguei completamente. Ele bateu na minha porta, até que um vizinho arrogante chamou a porra da polícia para tirá-lo daqui. Não chequei meu e-mail. Não tenho ido a lugar algum. Não fiz... nada. Absolutamente, nada. Tenho sorte de ainda de ainda estar viva aqui, no velho sofá de Sutton. Quatro dias. Esse é o tempo que se passou desde a última vez que vi Damon. Quatro dias que, mais uma vez, todo o meu mundo desmoronou. Questiono-me se essa merda nunca vai melhorar. Da forma como me sinto agora, duvido muito. Batidas na porta fazem Hemingway latir e gemo como uma moribunda. Sinto-me uma moribunda.

— Vaaaai emboraaaaaaaaa!

O barulho fica mais alto.

— Garota, é melhor você abrir essa porta! — VÓ! Meu Deus, vó! Ela vai ter um ataque cardíaco com esse calor. Rolo para fora do sofá e rastejo de quatro por uns instantes, antes de, finalmente, me levantar e ir cambaleando até a porta, que abro com tanta pressa, que uma lufada de ar quente vem junto.

Quando a vó me olha, quase engasga. — Você parece uma merda! Quero dizer merda de verdade! Um amontoado de bost...

— Eu entendi! Entra, vó.

Ela sorri educadamente e olha por cima do ombro para um carro esperando e levanta um dedo trêmulo. Ela arrasta o seu andador, bola de tênis e tudo.

— Eu vim para dar um jeito em você, mocinha!

Dar um jeito em mim? Que porra é essa? Contraio o rosto e ela franze o nariz para mim. Acho que não estou na minha melhor aparência.

— Em mim?

— Sim! Em você! — ela diz com firmeza, apontando um dedo ameaçadoramente para mim. — Por mais que me doa, tenho que te colocar na linha.

Dói nela? Impressionante. Acho que ela não gosta de mim tanto quanto gosto dela.

— Amo você de montão. Espero que, depois de ouvir o que tenho a dizer, você vá encontrar Damon, e então se beijem e se perdoem.

— O que quer dizer com ir encontrá-lo? — Cadê ele? Meu coração dispara e eu entro um pouco em pânico. O pensamento de nunca mais vê-lo novamente é enlouquecedor e me deixa desesperada.

— Vou chegar a isso em um minuto. Uma coisa de cada vez.

Concordo com a cabeça e faço o meu melhor para parecer calma e atenta.

— Então, recebi duas cartas dele hoje. Uma delas era

para mim e a outra pra você. Na minha carta, ele disse que sabia que você, em algum momento, viria me ver e queria que eu entregasse essa a você. Mas, antes de tudo, você tem que saber que Damon não estava dirigindo.

— O quê?! — eu grito.

Ela balança a cabeça de um lado para o outro. — Ele não estava dirigindo. Meu abominável filho bêbado, é quem estava. Ele fez Damon dizer à polícia que foi ele quem destruiu o carro, porque ele era menor de idade e, principalmente, porque não estava bêbado. Damon sempre se culpou por não conseguir fazer Eddie parar e deixá-lo dirigir.

Oh, não. Inclino-me para frente, agarrando com força o meu estômago dolorido. Sinto-me doente. Não foi ele. Não foi culpa dele. — Como ele pode pensar... Como... Não foi culpa dele — atravesso a sala e sento ao lado da vó. Ela coloca sua mão trêmula na minha e me deixa chorar por um momento.

— Eu tenho que vê-lo. Tenho que falar com ele! — começo a procurar ao redor pelas chaves do carro, e então, ela estende um envelope para mim.

— Ele não está atendendo o celular e ninguém sabe onde ele está. Abra a sua carta e talvez ele tenha dito onde foi. — apanho o envelope da mão dela e o rasgo para abrir.

Minha Josephine,

Eu deveria ter sido mais inteligente naquele dia, deveria ter sido mais corajoso. Deveria tê-la parado a qualquer custo. Se eu tivesse, talvez nada disso teria acontecido. Você nunca teria sido ferida. Poderíamos ter nos conhecido e passado nossas vidas juntos. Você precisa saber que eu passei incontáveis dias pensando em como poderia ter mudado o resultado daquele dia de verão, anos atrás. Se eu soubesse como as coisas acabariam, teria feito qualquer coisa para te poupar e à sua família, daquela tragédia, da qual me sinto responsável. Ele destruiu mais do que dois carros naquele dia. Ele destruiu a sua vida e a minha no processo. E eu era o único que poderia ter impedido tudo. Gostaria de ter estado no seu lugar, se pudesse. Eu faria qualquer coisa para poder te trazer felicidade. Garanto que serei somente mais uma memória para você. Você não terá que suportar a dor de me ver novamente. A angústia que vi em seus olhos há quatro dias, foi muito mais do que eu jamais poderia suportar. Só espero que, talvez, um dia, você seja capaz de olhar para trás, para nós e sorrir, lembrando a paixão e o amor que compartilhamos. Essas são lembranças que me atormentam e confortam, tudo ao mesmo tempo. Enquanto você foi minha, tornou tudo melhor. Você fez a minha vida melhor. Me fez uma pessoa melhor. Você foi o meu remédio. Fez a dor desaparecer. Meu passado é a única coisa da qual não posso escapar, sei disso agora. Por favor, saiba que eu faria qualquer coisa, daria tudo, para fazer as coisas direito. Quero te agradecer por me dar o maior presente que eu já conheci. Para o que parece ser um momento fugaz, eu vivi a felicidade com o seu amor. E nunca mais ter essa felicidade novamente, é uma agonia que não consigo suportar. Meu coração é seu para sempre, Josephine. Eu te amo.

Damon

P.S.: Você merece o melhor.

Meus olhos enchem de lágrimas. O que ele quer dizer com "*não vou vê-lo de novo*"? O que ele quer dizer com "*eu mereço o melhor*"? Mereço o melhor, o quê? Meu coração bate tão forte no peito, que mal consigo respirar. Vó puxa a carta da minha mão e a lê. Pulo do sofá e começo a procurar os sapatos. Pego as sandálias mais próximas e tiro minha roupa ali mesmo na sala de estar, na frente dela. Puxo uma blusa limpa sobre a cabeça e visto um short. Onde ele estaria? Não faço a menor ideia de por onde começar.

— O acidente — ela murmura, enquanto olha para a carta.

— O quê?

Sua cabeça grisalha levanta e vejo lágrimas nos olhos. — O local do acidente. Ele costumava ir lá e estacionar no acostamento. Ficava sentado lá por horas, até que eu fosse encontrá-lo. Você tem que ir buscá-lo.

Sem hesitar, pego as chaves em cima da mesinha de centro e corro para porta. Pulo do degrau mais alto até em baixo, e quase caio de bunda na calçada. Corro para o carro de Sutton e arranco feito uma louca. Eu sei onde é o lugar, estive lá mil vezes, também. Costumava sentar lá, quando estava deprimida, e ficar pensando na *maman* e no *papa,* e no rapaz que me tirou daquele carro. Pensei em Damon todos esses anos. Ele esteve na minha cabeça por tantos anos. Nunca esqueci o rapaz que não parava de dizer como ele estava arrependido e que iria se certificar de que ficasse tudo bem. Ele conseguiu. Realmente conseguiu que eu ficasse mais do que bem. Ele me encontrou de novo naquele dia na livraria e tudo mudou desde aquele instante. Tenho que encontrá-lo e dizer que a culpa não é dele. Tenho que dizer o quanto eu o amo.

Acelero e dirijo imprudentemente pelos arredores da cidade. Quando viro e entro na familiar estrada estreita, meu coração dói no peito. Uma angústia terrível se forma. Algo está errado. Eu sei. Posso sentir, assim como senti quando Sutton morreu. Meu pé afunda no acelerador e o carro corre ainda mais rápido. Continuo acelerando até que as luzes traseiras entram em foco. Inclino-me para a frente, no meu assento e olho com os olhos semicerrados.

— A picape! — Me aproximo da traseira dela e freio bruscamente, levantando poeira no processo. Jogo o carro no acostamento e saio às pressas. Não o vejo sentado lá dentro. Não há ninguém na porra da picape! Onde ele poderia estar? Corro até ela e subo no estribo para olhar dentro.

— Damon! — ofego e desço do estribo. Abro a porta e o cheiro de álcool me atinge.

— Damon! Meu amor, acorda!

Subo na picape e uso toda a força que tenho para levantá-lo de sua posição, deitado no assento. Consigo colocá-lo na posição vertical e então percebo que a melhor notícia se transformou na pior. Em sua mão sem vida está um frasco de remédio controlado.

— Oh meu Deus! Minha nossa! O que você fez? — grito para fora. Pulo da picape e corro de volta para o carro.

— Por favor. Cadê você? Por favor — encontro meu celular e peço ajuda. Eu nem sequer espero o atendente qualquer coisa.

— Por favor, ajude! Estamos no acostamento da *Scenic Loop*! Houve um acidente. Envie uma ambulância! — corro de volta para a picape e entro.

— Oh, meu Deus! Amor, por favor, acorde! — dou uns tapinhas no rosto dele algumas vezes, mas ele não responde. Pressiono e mantenho dois dedos em seu pescoço e, em seguida, no pulso.

— Não. Não. Não. Damon! — Deito seu corpo pesado, mole, no meu colo e balanço para trás e para frente.

— Por favor, não! Você não. Não me deixe. Não me deixe. Eu te amo! Por favor, Damon! — ele não responde e temo que realmente tenha morrido. É minha culpa. A culpa é imediata e esmagadora. Deve ter sido assim que ele se sentiu durante anos. Meu pobre Damon! Meus lábios tremem enquanto as lágrimas derramam de meus olhos.

Ouço a ambulância chegar e portas batendo.

— Senhora, nós precisamos que você se desloque agora.

Deslizo por debaixo dele e seu corpo, deitado no assento, não responde. Um policial me agarra pela cintura e me puxa para trás.

— Damon! Por favor! Acorde! — assisto, impotente, quando eles puxam o corpo da picape e o colocam numa maca. Um paramédico se ajoelha de pernas abertas por cima de seu corpo e começa as tentativas de ressuscitação. E outros dois carregam a maca para a parte traseira da ambulância, com aquele paramédico, ainda trabalhando em Damon.

Eu o conheci neste mesmo local, em circunstâncias horríveis, há anos e agora, posso tê-lo perdido neste mesmo lugar. Não posso perdê-lo. Eu jamais poderia sobreviver a uma vida sem Damon. Caio de joelhos, e a dor da queda não é nem de longe, comparada com a dor no meu peito. Observo as luzes brilhantes da ambulância desaparecer ao longe. Continuo olhando fixamente, paralisada de choque e medo. Eu não posso perdê-lo. Justamente agora que o encontrei.

Continua em:

Conserte-me

Agradecimentos

Quem disse que a raiva no trânsito não resulta em nada, além de coisas ruins? Tenho que discordar. *Destrua-me* foi o resultado da raiva de uma pessoa com pavio curto no trânsito e um motorista ignorante, de férias. Esta história nasceu no meio de um tráfego intenso, uma enxurrada de palavrões, alguns menos civilizados do que deveriam. Eu, particularmente, gostaria de dizer um "muito obrigada", ao idiota na Mitsubishi. Obrigada pela sua inspiração, no sinal fechado, ao falar palavras do mais baixo nível!

Além do palhaço mencionado acima, e minhas tendências estouradas, tenho que atribuir a minha determinação, aos meus muitos amigos, colegas autores e blogueiros. Vocês todos são simplesmente incríveis. Eu não conseguiria e não seria uma escritora sem o apoio que vocês me dão, tão abnegadamente.

Entre em nosso site e viaje no nosso mundo literário.
Lá você vai encontrar todos os nossos
títulos, autores, lançamentos e novidades.
Acesse www.editoracharme.com.br

Além do site, você pode nos encontrar em nossas redes sociais.

https://www.facebook.com/editoracharme

https://twitter.com/editoracharme

http://www.pinterest.com/editoracharme

http://instagram.com/editoracharme